Adolph Wechssler

Der geschüchterte Hahn

Die Weiber von Schorndorf

Adolph Wechssler

Der geschüchterte Hahn
Die Weiber von Schorndorf

ISBN/EAN: 9783743480780

Hergestellt in Europa, USA, Kanada, Australien, Japan

Cover: Foto ©Andreas Hilbeck / pixelio.de

Manufactured and distributed by brebook publishing software (www.brebook.com)

Adolph Wechssler

Der geschüchterte Hahn

Der geschüchterte Hahn

oder

Die Weiber von Schorndorf.

Historisches Lustspiel in vier Aufzügen

von

Adolf Wechßler.

Motto:
Nein, er gefällt mir nicht, der neue Bürgermeister.

Der geschüchterte Hahn

oder

Die Weiber von Schorndorf.

Historisches Lustspiel in vier Aufzügen.

Motto:
Nein, er gefällt mir nicht, der neue Bürgermeister.

—⋅✦⋅—

Ulm, 1870.
Druck der Ebner'schen Buchdruckerei.

Personen.

Johann Heinrich Walch, Bürgermeister und Lammwirth von Schorndorf.
Anna Barbara, seine Frau, geb. Agricola.
Ottilie, beider Tochter.
Peter Krummhaar, Oberst und Commandant der Festung Schorndorf.
Fritz, sein Sohn.
Tobias Heller, Kriegs- und Kirchenrath.
Hofjunker v. Hoff.
Le duc de Berwik de Paris, französischer Parlamentär.
Johann Friedrich Ferber.
Hanne Katzenstein, die Hirschwirthin.
Lise, Wäscherin.
Erste ⎫
Zweite ⎬ Frau.
Bürgerinnen und Dienerschaft.
Ein Hauptmann und Soldaten.

Die Handlung spielt in der Festung Schorndorf im Hause des Bürgermeisters und auf dem Rathhause daselbst im Jahre 1688.

Die Bestimmung von rechts und links gilt vom Darsteller aus.

Als Manuscript gedruckt.

Erster Akt.

Erste Scene.

Eine geräumige, alterthümliche Wirthsstube. Eine Mittelthüre und zwei Seitenthüren. Die alte Lise ist beschäftigt mit Gläserschwenken; Krummhaar tritt auf und setzt sich an den Tisch, der links im Hintergrunde steht.

Krummhaar.

Einen Schoppen Neuen! (Lise bedient ihn.) — Meine Pfeife! — (Lise bringt sie ihm.) Wie kommt es, daß Du heute als Mundschenke figurirst? Dein Amt ist ja sonst mit borstiger Bürste das eingeseifte Linnen zu kratzen.

Lise.

Die Röse ist krank geworden, da hat die Frau Bürgermeisterin mich in die Wirthschaft heraufgeschickt, um die Herren zu bedienen, wenn sie kämen.

Oberst.

Wahrlich ein herrlicher Ersatz für die kleine Röse! Die Frau Bürgermeisterin hat gewiß Dich herausgewählt als die Hübscheste im ganzen Städtchen.

Lise.

Wenn auch gerade das nicht, so doch vielleicht als die Brauchbarste.

Oberst.

Nein, nein! Das ist nur holde Schamhaftigkeit und Bescheidenheit von Dir, denn eine Kellnerin muß ja hübsch sein!

Lise.

Da müßt Ihr mich eben nach Pappelau in die Pelzmühle schicken, wo die alten Weiber wieder jung werden.

Oberst.

Das hast Du doch nicht nöthig, Du schmucke Hebe! Weißt Du denn auch, warum eine Kellnerin jung und hübsch sein muß?

Lise.

Nein, von diesem Gesetz habe ich bis auf den heutigen Tag nichts gewußt.

Oberst.

Es ist auch kein Gesetz, sondern ein rühmlicher Gebrauch, der sich auf das tief Innerste des deutschen Wesens gründet: denn unsre Vorfahren stellten sich ihren Himmel so vor, daß sie sich den Tag über Schlachten und Kämpfe lieferten, des Abends aber saßen alle wieder friedlich bei einander und zechten und dabei wurden sie bedient von den schönsten Götterjungfrauen und zwar mit dem besten und stärksten Bier, von dem man trinken konnte, so viel man wollte, ohne jemals berauscht zu werden. Darum sitzt der Deutsche so gerne im Wirthshaus, weil jede Kneipe ein kleines Abbild seines Himmels ist und darum soll auch jede Kellnerin ein hübsches junges Ding sein, als irdisches Widerspiel der schönen Götterjungfrauen.

Lise.

Der Herr Oberst möchten mich gerne ärgern, soll Euch aber nicht gelingen; ich kann nur so viel sagen: Unser Eines sieht auch einen jungen stattlichen Burschen lieber als einen alten Brummbart!

Oberst (drohend).

Du!

Lise (einlenkend).

Ich meine ja nur den Herrn Sohn, der erst zurückgekommen ist. — Ist das ein hübscher, junger Herr geworden! Ach! und einen Schnurrbart hat er! — es geht doch nichts über einen Schnurrbart! — Er wird jetzt eine Frau nehmen? Na natürlich! — Da bin ich recht begierig, was er für eine herausfischt! O! Ich weiß gar viele, die auf ihn rechnen! Ach Gott, das kennt man ja! Nicht wahr, Doktor ist er geworden? Doktor?

Oberst.

Jawohl! Das Metier des Vaters ist: Menschen zu massakriren und er soll die defekte Menschheit wieder zusammenflicken. So geht es in der Welt: der Eine baut auf, der Andere zerstört. Ich habe zwar auch schon gebaut: meine Wälle und meine Mauern stehen da wie gegossen. Es ist eine wahre Freude sie anzusehen! — Unter ihrem Schutze können die Schorndorfer ruhig schlafen.

Lise.

Gottlob! daß wir Eure Mauern und Schanzen nicht brauchen! Es ist doch überall Friede und Ruhe im Lande! Wenn sie auch hinten bei den Türken auf einander schießen, daß man es schon auf unsern Bergen droben gehört haben soll, bei uns ist doch Friede und das ist die Hauptsache!

Oberst.

Mit Frankreich ist allerdings aller Streit beigelegt und ein fester und bündiger Friede geschlossen worden. Darum hat auch unser Herr Herzog Administrator alle seine Truppen dem Kaiser zu Hülfe geschickt gegen die Türken. Wir haben nur noch ein einziges Regiment im Lande.

Lise.

Das beste wäre, man hätte gar keine Soldaten nöthig!

Oberst.

So sprichst du Alte jetzt ganz wohl, aber als junges frisches Mädel hast du auch anders gedacht, du fanatische Verehrerin des Schnurrbarts! Ich sage auch: Es gibt nichts Unsinnigeres auf der Welt als das Soldatenwesen und das Kriegführen, aber darin liegt gerade die beste Garantie dafür, daß mein Metier nie aufhören wird. Verbanne die Dummheit aus der Welt und es bleibt so viel wie nichts mehr übrig.

Lise.

Da seid Ihr aber auch der Einzige, der das behauptet! Werden denn die Leute nicht mit jedem Tage aufgeklärter?

Oberst.

Jawohl, nur nicht besser!

Lise.

Aber doch gescheidter!

Oberst.

So lange sie nicht besser werden, werden sie auch nicht gescheidter: denn so oft man einer rechten Dummheit auf die Spur geht, findet man in der Regel eine Schlechtigkeit dahinter. Nicht die Unwissenheit allein ist die Quelle der Dummheit, sondern noch weit mehr die Niederträchtigkeit und Feigheit!

Lise.

Vorhin war Alles dumm, jetzt soll wieder Alles schlecht sein! — Es gibt auch noch ehrliche Leute auf der Welt!

Oberst.

Ganz gewiß! auf Zehntausend Einen; so hat es schon der Hamlet ausgerechnet.

Lise.

Das wird auch so ein wunderlicher Herr gewesen sein wie Ihr? Ich bin nur froh, daß der Wein wenigstens schmeckt.

Oberst.

Der Wein? Oja! Er hat einen großen Vorzug: Man trinkt gewiß nicht zuviel davon!

Lise (sich in Positur vor ihn stellend).

Jetzt hort aber Alles auf! — Der Küfer hat sich weiß nicht was darauf zu gute gethan und noch gesagt: Wenn der Herr Oberst d e n versucht, da wird er mit mir zufrieden sein!

Zweite Scene.
Vorige. Die Bürgermeisterin.

Barbara.
Was gibt es denn hier, Lise? Du bist ja ganz außer Dir?

Lise.
Der Wein aus dem neuen Fasse soll nicht gut sein, da muß man doch in Harnisch gerathen!

Oberst.
Ich möchte die Alte wohl einmal im Harnisch sehen als Amazone ausgerüstet!

Barbara.
Geh hinunter Lise in die Waschküche, sie brauchen Dich und hier gibt es Frieden. (Lise ab.)

Dritte Scene.
Barbara. Oberst.

Barbara (besieht seinen Krug und findet, daß er leer ist).
Der Krug ist ja leer? Wer mit der That lobt, lobt am besten.

Oberst.
Recht so, Frau Bürgermeisterin, das heiße ich ein vernünftiges Wort: An ihren Werken, nicht an ihren Worten sollt ihr sie erkennen! — Es freut mich immer, wenn ich die Alte ärgern kann; sie macht immer so ein famoses Gesicht, wenn sie in Eifer kommt.

Barbara.
Ihr habt eben auch gar viel Zeit übrig, ihr Herren vom

Säbel, sonst wüßtet ihr schon auch was Besseres zu treiben, als
die Leute zu ärgern! So ist es eben mit den Friedenssoldaten!

Oberst.

Wünscht Ihr lieber Krieg?

Barbara.

Gott behüte uns davor!

Oberst.

Also wählt von zwei Uebeln das kleinere und gebt Euch
zufrieden. Ich wollte aber, die Alte hätte meinen Krug noch
einmal gefüllt, bevor sie abgeschoben ist.

Barbara.

Gebt her! (Sie füllt ihm den Krug.)

Oberst (sich mühsam erhebend).

Nein! Das dulde ich nicht! Sapperlot noch einmal — daß
mir die Frau Bürgermeisterin selber einschenkt!

Barbara (ihm den Krug hinhaltend unter Lachen).

Ja freilich! — Bis Ihr Euch lange erhebt, mir's zu weh=
ren, derweil bin ich dreimal fertig. Das muß ich sagen, da
sind die Franzosen andere Soldaten, wenn es einmal Soldat
sein muß. Was hatten wir da für hübsche Leute im Quar=
tier bei meinen Eltern in der Apotheke, schlank und drall, die
Uniformen wie angegossen, gewichste Schnurrbärte — und
Augen wie die Kohlen — und galant waren die Bursche!
Mir wurden die Hände nicht mehr trocken vor lauter Hände=
küssen — und tanzen können sie — nur den Walzer nicht —
das bringen sie nicht fertig — aber flint sind sie wie der
Teixel und flattiren können sie Einem — na! — Da darf
sich ein junges Mädchen in Acht nehmen, daß sie nicht alles
glaubt, was sie einem Schönes sagen — ach Gott! und wie
gern würde man alles das glauben, was man so gerne hört!
— Ist aber doch viel angenehmer als das ewige Fluchen und
Raisonniren und Leuteärgern den ganzen Tag!

Oberſt.

Warum hat denn die Frau Bürgermeiſterin keinen ſo feinen, galanten Herrn Franzoſen geheirathet?

Barbara.

Ach, lieber Oberſt! Da hat einmal gar nicht viel dazu gefehlt, aber das Heirathen iſt eben doch wieder ein anderes Ding.

Oberſt (aufſtehend).

Na! Ihr habt doch jedenfalls profitirt im Umgang dieſer feinen Leute, (beziehend) denn das Schmeicheln und das Höflichſein das habt Ihr ihnen ganz vortrefflich abgemerkt! Auf Wiederſehen, Frau Barbara! (Ab.)

Vierte Scene.

Barbara (allein).

Ha! ha! ha! Das iſt wirklich luſtig! Ich halte ihm da die ſchönſte Lobrede auf den Werth des Schmeichelns und gebe ihm zugleich ein glänzendes Beiſpiel, wie man den Leuten Grobheiten macht. Na! Eigentlich habe ich ihm ja nur die Wahrheit geſagt, und wenn die Wahrheit nicht ſchmeichelhaft iſt, ſo iſt das nicht meine Schuld. Freilich die Wahrheit iſt ſelten angenehm zu hören. Aber wie fein mir der Oberſt das ſo hingeſagt hat! — Ich kann aber ein= für allemal nicht anders: Wie ich denke, ſo muß ich auch ſprechen! Mein Mann kommt immer noch nicht! — Die ſitzen heute wieder einmal lange auf dem Rathhauſe. Wo iſt denn das Mädchen? (In das Zimmer hineinrufend.) Tille, wo ſteckſt Du denn? — Richtig da ſitzt ſie und lieſt! — Du mußt hinunter in die Waſchküche.

Fünfte Scene.

Barbara. Ottilie.

Ottilie (ein Buch in der Hand).

Ach Mama, laß mich nur das eine Capitel vollends ausleſen!

Barbara.

Was liest Du denn eigentlich?

Ottilie.

Hier — von der Lavallière; ach Mama, muß die hübsch sein und der König — ist das ein schöner Mann; sieh nur, hier ist sein Bildniß! —

Barbara.

Was Lavallière! Geh hinunter und schau des Vaters Wäsche durch: Nicht daß an jedem Hemd wieder ein paar Knöpfchen fehlen! Was geht Dich die französische Sitte an, kümmere Du Dich um die deutsche Küche!

Sechste Scene.

Ottilie geht betrübt ab zur Seite. Walch und Ferber treten auf durch die Mitte. Barbara, Walch, Ferber.

Walch.

Ist die Suppe nicht kalt geworden, liebe Barbara?

Barbara.

Die kann man warm halten; aber die Dampfnudeln sind zusammengesessen und diese werden durch das Sitzen nicht besser wie eure Beschlüsse auf dem Rathhaus. Ich lasse sogleich auftragen! (Ab.)

Siebente Scene.

Walch. Ferber.

Walch.

Ihr seht, Herr Ferber, daß ich Euch auch jetzt nicht anhören kann, ohne meine theure Ehehälfte zu erzürnen.

Ferber (ihm unter Complimenten den Weg vertretend).

Ach Gott! gestrenger Herr Bürgermeister, seit acht Tagen warte ich vom Morgen bis in die Nacht hinein, den Hut in der Hand, mit gekrümmtem Rücken auf ein Zeichen, mich endlich nahen zu dürfen, und immer vergeblich: da mußte ich mich endlich ganz unterthänigst hereindrängen.

Walch (ärgerlich).

Was wollt Ihr denn eigentlich?

Ferber.

Die Schreiberstelle, nur die Schreiberstelle! Meine Zeugnisse sind die besten von allen, welche vorliegen, meine Handschrift ist die schönste von allen, welche eingereicht wurden, die besten Empfehlungen stehen mir zur Seite, gestrenger Herr Bürgermeister, es steht nur bei Dero Liebden, das Lebensglück eines armen sich in Demuth bescheidenden Menschen zu begründen.

Walch (welcher immer abzugehen sucht, während ihm Ferber immer wieder den Weg vertritt).

Mein lieber Herr Ferber, in dieser Sache beschließt der Rath, und da kann ich nichts machen.

Ferber.

Die Rathsherren haben mir alle sammt und sonders versprochen, mir ihre Stimme zu geben.

Walch.

Nun, da könnt Ihr ja ruhig sein, da kann es Euch ja gar nicht fehlen!

Ferber.

O!! Herr Bürgermeister! O! — Euer Gestrengen Ansicht gibt den Ausschlag. Euer Wohlgeboren würden gewiß an mir den treusten Knecht finden; befehlen Euer Hochwohlgeboren und ich gehe für Dieselben durch's Feuer. Ich bin zwar nur ein armer, der Schreiberei beflissener Mann, aber ich habe Menschen und Länder gesehen, spreche geläufig französisch, kann Euer Edelgeboren zu jeder Zeit Nachrichten verschaffen aus der Bürgerschaft, vom Hofe, vom Lande: ich habe überall meine Connexionen und Bekanntschaften und weiß meine Verwandten auszufinden bis in die unglaublichsten Grade. Ach Gott! Ich würde mir's zur höchsten Ehre rechnen, einem so hervorragenden Manne, wie unser hochbelobter Herr Bürgermeister ist, zu dienen, das heißt, meine niedrigen Dienstleistungen zu Füßen legen zu dürfen! — einem Manne, der wie keiner seiner Vorgänger das Wohl unserer Stadt zu fördern weiß, einem Manne, der eine Energie entwickelt, wie sie bei keinem Bürgermeister jemals gesehen wurde, einem Manne, den ich bewundere, weil er alles, was er unternimmt, auch glücklich zu Ende bringt, einem Manne, dessen hohe Intelligenz alle bisherigen Intelligenzen so weit überstrahlt, einem Manne, dessen Namen unsterblich sein wird durch die wohlweisen Einrichtungen, die er für unsere Stadt getroffen hat! — O Herr Bürgermeister, gönnen Sie mir die Ehre zu Dero hochweisen Füßen im Staube dienen zu dürfen.

Walch (sich geschmeichelt fühlend).

Ferber, er soll die Stelle haben!

Ferber (mit einem tiefen Bückling ihm mehrmals die Hand küssend).

Tausend Dank, Herr Bürgermeister! Tausend Dank!

Achte Scene.

Vorige. Fritz stürzt athemlos herein.

Fritz.

Ist mein Vater nicht hier? (Er wirft sich in einen Sessel.) Herr Gott! Ich kann kaum mehr athmen, so bin ich gelaufen.

Walch (im Abgehen begriffen).

Ein rechter Unsinn, so zu springen!

Fritz.

Bleibt, Bürgermeister, habt Ihr denn schon Nachricht?

Walch.

Was Nachricht! wir nehmen Meldungen bloß auf dem Amtswege an. Folge Er mir, Herr Ferber!

Fritz.

Ich weiß zwar nicht, welchen Weg die Franzosen einschlagen, aber jedenfalls nicht den Amtsweg.

Walch und Ferber (erschrocken zurückkehrend). Franzosen?!

Fritz.

Ja Herr! Die Franzosen haben den Rhein überschritten: ein ungeheures Heer. Mit rasender Schnelligkeit haben sie sich über das ganze Land ergossen, sie sind bereits in unserer Nähe.

Walch.

Hört, junger Mann, es ist heute nicht der erste April!

Fritz.

Wenn ich Euch aber sage, daß ich selbst eine Abtheilung gesehen habe!

Walch.

Als ob Wir nicht wüßten, daß mit Frankreich ein zehnjähriger Friede geschlossen ist!

Neunte Scene.

Vorige. Krummhaar.

Oberst.

Von allen Seiten drängt schon das Landvolk herein. Sie suchen Schutz hinter unsern Mauern.

Walch.

Ja, um Gotteswillen, Oberst, ist es denn wahr? — Und mir wird nichts gemeldet! — Was sollen wir denn thun? Ei! ei! ei! Wenn ich nur wenigstens Verhaltungsbefehle hätte. Herr Ferber, nehme Er ein Pferd und reite Er schnell nach Stuttgart!

Oberst.

Ich habe meine Instruction hier vom Herrn Herzog Administrator selbst!

Walch.

Vom Herzog? Wo ist er? Ist er hier?

Oberst.

Nein, er hat sich bereits geflüchtet mit dem jungen Prinzen. Er will ihn in Regensburg beim kaiserlichen Hofe in Sicherheit bringen.

Walch.

Wenn ich nur wüßte! — Ja Ferber, ist Er denn noch nicht fort?

Ferber.

Ja, ich muß doch —

Oberst.

Ach was! — Sorgt zuerst, daß wir die Leute unterbringen, die zu uns hereinflüchten.

Walch.

Unterbringen? Jagt sie hinaus! Was brauchen wir dieses Gesindel in unsrem Städtchen!

Oberst.

Warum nicht gar! Die Leute bringen Proviant für sich und uns und können uns gute Dienste leisten bei Vertheidigung des Städtchens.

Walch.

Vertheidigung? Ja ums Himmelswillen, glaubt Ihr denn, daß es so weit kommen könnte? Ein ungeheures Heer hat er gesagt! — Habt Ihr's gehört, Oberst, ein ungeheures Heer? Ferber, geh' Er auf das Rathhaus!

Oberst.

Geh mein Sohn, sie sollen Alles, was einläuft, hieher beordern. (Fritz und Ferber ab.)

Zehnte Scene.

Oberst. Walch.

Walch.

Wenn ich nur in Stuttgart wäre! — Wie lautet denn Eure Ordre, Oberst.

Oberst.

Der Herzog befiehlt mir in kurzen Worten: Das Nest zu halten bis auf den letzten Mann.

Walch (auf den Stuhl sinkend).

Allmächtiger Gott! das werdet Ihr doch nicht im Ernste wollen, Oberst — bedenkt doch ein ungeheures Heer hat er gesagt!

Oberst.

Gilt mir gleich! Ich halte meinen Posten!

Walch (sich erhebend).

Dann wollen wir den lieben Gott recht unterthänig bitten, daß er uns vor solchem Greuel bewahren möge. Vielleicht daß sie vorbei marschiren und uns in Ruhe lassen. (Es fällt ein Kanonenschuß, Walch sinkt wieder in den Sessel zurück). Allbarmherziger! es fängt schon an!

Oberst.

Habt keine Angst! Es sind vertraute Leute an den Thoren. Unsre Wälle und unsre Mauern, sowie ihr alter Commandant, warten schon lange auf die Gelegenheit zu zeigen, daß sie fest sind.

Eilfte Scene.

Vorige. Fritz.

Oberst.

Was gibt es, mein Sohn?

Fritz.

Ein Trupp Franzosen hält im Thale. Sie haben einen

Parlamentär abgesandt, der eingelassen wurde. Ich hieß sie ihn hieherbringen.

Oberst.

Wenn der Bursche nur auch deutsch versteht, denn sonst kommen wir nicht weit miteinander. -- Na! er kommt ja zu mir: da kann ich auch verlangen, daß er meine Sprache spricht.

Zwölfte Scene.

Vorige. Barbara.

Barbara.

Herr Gott! platzt das wie eine Bombe in unser friedliches Leben herein. Oberst, was wollt Ihr denn nun machen? — Und Du Alter, ich glaube, Du hast ganz den Kopf verloren? Bist ja sonst immer vorne dran und willst Alles selber dirigiren. Komm, Alter, zeige, daß Du ein Mann bist!

Walch (sich erhebend).

O! wenn ich nur in Stuttgart wäre.

Dreizehnte Scene.

Vorige. Lise.

Lise.

Herr Bürgermeister, sie haben draußen einen Franzosen: ob man ihn hereinbringen soll, läßt der Herr Hauptmann fragen?

Oberst.

Hierher sollen sie ihn bringen. Höre, Alte, spricht er deutsch?

Lise.

Ja, das weiß ich nicht einmal, verstanden habe ich ihn aber ganz gut.

Oberst.

Na! dann werden wir ihn wohl auch verstehen. Wie sieht er denn aus? Wie heißt er?

Lise (pfiffig zu Krummhaar).

Er hat zu dem Herrn Hauptmann gesagt, er sei der dicke Bärenwirth von Paris. Das ist aber so gewiß erlogen als etwas: denn er sieht gar nicht aus wie ein Wirth und ist auch nicht dick.

Oberst.

Sie sollen ihn in Gottes Namen hereinbringen, den dicken Bärenwirth! (Lise ab.)

Vierzehnte Scene.

Vorige ohne Lise, gleich darauf Berwik von einem Offizier eingeführt).

Walch.

Gebe Gott, daß die Sache sich im Guten abmachen läßt.

Berwik (im Auftreten)

Messieurs j' ai l'honneur!

Oberst.

Herr! Ich verstehe nicht französisch!

Berwik.

O! das sein nix nöthig. It sprete der Deutsch wie ein Professor. Ma foi! besser als Sie alle zusamm: it sprete der Deutsch rein, nix der abscheulicher Patois! it sprete und schreibe!

Oberst.

Zur Sache, mein Herr, mit wem habe ich die Ehre?

Berwik.

Le Duc de Berwik de Paris.

Oberst (für sich).

Ja so: der dicke Bärenwirth von Paris.

Berwik (den Hut abnehmend).

It sein Gesandter von seiner allerchristlichster Majestät der König Ludwig der Großer von Frankreich.

Oberſt.
Ludwig der Vierzehnte wollen Sie ſagen.

Berwik.
Sehr gut, mein kleiner Commandant! Ludwig der Vierzehnter, genannt der Großer. — It denke, if werde nehmen Quartier hier! (gegen Barbara) Es wären ungalant gegen einer Dame ſo charmante wie Madame la Bourgmeeſter (ihr die Hand küſſend) ihr wieder zu verlaſſen. Bourgmeeſter, Ihr werden ſorgen für meiner Leute Quartier; nur einer Escadron für der Anfang; aber it darum bitte, nur beſter Quartier! Wenn auch dieß ſind nur gemeiner Soldaten, ſie ſind doch gewohnt zu logir beſſer als Deutſcher von Stand. (Walch verneigt ſich.)

Oberſt (mit verbiſſenem Zorn).
Und was wünſchen Sie denn von mir, Herr Franzoſe?

Berwik.
Mon Dien! It kann Sie verſicher, daß ich Sie habe genommen in ganz beſonderer Affection, mon petit commandant. Sie ſein Mann liebenswürdiges. Sie werden mir bringen der Schlüſſel von ihr kleines Feſtung — (Oberſt macht eine unwillige Bewegung) bitte nicht jetzt! Dieß nicht eilt nicht. It werden ſuchen zuerſt der beſte Zimmer in der Haus. Sie werden ſenden mir denn in meiner Zimmer der Schlüſſel von ihres kleines Feſtung.

Oberſt (gefaßt).
Herr, wie viel haben Sie denn Mannſchaft bei ſich?

Berwik.
Einer Escadron und einer Canon!

Oberſt.
Und damit wollen Sie Schorndorf nehmen?

Berwik.
Nehmen! Bravo! Das ſein ſehr gut geſagt! — nehmen —

prendre! It habe nir nöthig von mehr; denn hinter mir stehen mein großes König, sein großer Armee und der großes Nation — la grande nation. Mit einer einziges Schuß aus meiner einziger Canon it begrüße der Bevölkerung und mache ihn unterwürfig. A propos, Burgmeester, wie viel haben Ihr von Geld in die Kassen. It nix haben nöthig, nix von viel. Sehr wenig — nur funftausender Thaler für heute und Fouragement pour sechse Regimenter, six regiments.

Oberst.

Herr! Wenn Sie nicht als Abgesandter heilig wären, ich schlüge Ihnen alle Zähne ein.

Berwik.

Ah, mon petit commandant, nicht sein Sie nix murrisch. It kennen das! Das sein der schlechter caractère von der Teutscher. Das sein grob: Wir anderer Franzos, wir sein toujours galant, liebenswürdiges auch gegen der Feind, immer höflich, besonders gegen schöner Damen. (Er will Barbara die Hand küssen, die ihm den Rücken kehrt.)

Walch.

Herr Franzose, sind Sie denn schon in Stuttgart gewesen?

Berwik.

Ite nix! aber meines Camerad, le Général Monclar! Er selber in höchster eigentlicher Persönlichkeit. Wir treten auf überall zu gleicher Zeit in der ganze Land.

Oberst (spöttisch).

Und überall mit einer Kanone?

Berwik.

Wir verlangen unser Recht mit der größtes Höflichkeit, mit alles die Courtoisie möglicher, aber wenn man uns verweigern unser guter Recht, dann wir sein genöthigt anzuzünden — brûler!

Walsch (entsetzt).

Anzünden?

Berwik.

Naturellement! — anzünden! brûler! der Hälfte des Landes stehen in Flammen. Dummes Teufel, sie vorziehen, zu lassen anzünden, als zahlen -- payer!

Barbara.

Aber Herr, das ist ja eine ganz infame Mode das! —

Berwik.

Ah Madame: Das sein der Schrecken des Krieg: la terreur de la guerre. Das nicht gehen anders nicht. Wir sein sehr rücksichtsvoll, wir sein sehr menschlicher, wir sein sehr zuvorkommender, besonders gegen schönes Dame, aber wenn man uns verweigern unser guter Rett, dann wir sein genöthigt zu machen Krieg: lassen walten la terreur de la guerre, anzünden, brûler! (Oberst will abgehen.) Commandant? Wohin gehen?

Oberst (verbissen).

Ich bringe Euch die Schlüssel, wenn ich wieder komme. Folgt mir, Hauptmann! (Ab mit dem Hauptmann.)

Fünfzehnte Scene.

Vorige. Ohne Krummhaar und Hauptmann.

Barbara.

Aber Herr, was sprechen Sie uns denn da immer von Recht; was habt Ihr denn für ein Recht in unserm Lande?

Berwik.

Pardon, Madame, it sein Soldat, nix Rechtsgelehrtes. Mein großes König sagen: Das sein mein Rett und it vertheidigen sein Rett mit meine Leben.

Barbara.

Wenn Sie aber von Recht sprechen wollen, so weiß ich

nur, daß ein starker und fester Friede geschlossen wurde zwischen Ihrem König und dem Reiche.

Berwik.

Mein großes König, wollen Sie sagen — haben allerdings da Frieden geschlossen mit der Reiche, aber wir nur fuhren auch Krieg mit die Kaiser, nix mit der Reiche. Die Kaiser mussen uns herausergeben aller das Städte, welche wir haben Rett anzusprechen zu!

Barbara.

Städte? Was sind denn das für Städte?

Berwik.

Das sein vieler Städter und Festungen ganz lang nach die Grenze der Rhein. Unseres Rechtsgelehrtes haben gefunden, daß dieser Städter haben gehört zu Frankreich zu?

Barbara.

Vielleicht zu Carls des Großen Zeiten?

Berwik.

Möglich! It das nix kennen nix! Wir nur wollen was unser gehörten!

Barbara.

Das heißt man Annexion!

Berwik.

Pardon! Wir sagen: Reunion!

Barbara.

Was es doch für schöne Namen gibt für alle mögliche Sachen! Glaubt Ihr denn, der Kaiser werde sich das gefallen lassen?

Berwik.

Er wird nix können machen viel, nix. Seine Truppen sein in der Türken.

Barbara.

Hat denn unser Städtchen auch einmal zu Frankreich gehört? Ich habe geglaubt, wir seien immer gut schwäbisch gewesen?

Werwik.

Ma foi. Das sein sicher. Man das sehen wohl in eures tournures. Wir nur euch nehmen für Pfand. Wir nehmen der Palz, Würtemberg, Eßlingen, Heilbronn, Scorndorf, wir nehmen alles für Pfand, en gage! A propos, Bourgmeester, geht mir holen der Geld: funftausender Thaler, it bitten nix mehr nix, nur funfertausender Thaler für heute, pour aujourd'hui.

Walch.

Um Gotteswillen, Herr, soviel bringe ich im ganzen Städtchen nicht zusammen.

Werwik.

Das mir leider thun würde viel, dann müssen it lassen anzünden! — brûler!

Walch.

Ich will sehen, was ich auftreiben kann!

Barbara.

Aber Herr, bevor Ihr unser Städtchen anzünden könnt, müßt Ihr doch erst im Besitz desselben sein!

Werwik.

Das sich wird finden leicht! — (Es fällt ein Kanonenschuß.) Ah! voilà mon signal. Meine Truppen sein eingerückt, das sein meines Zeichen.

Barbara.

Wie gienge denn das zu?

Werwik.

Sehr einfak. It practiziren das überall. Während wir unterhandeln hier, rüden meiner Truppen vor der Thor unter der Schutz der Flaggen von Parlamentair. Wer wird wagen aufzuhalten die soldats du grand roi, die soldats de la grande nation! Sobald dann der Thor sie öffnen wieder, bei das erstes Gelegenheit ziehen die Soldaten meiner großes König als Sieger ein durch der Thor! der Schuß sein meiner Zeichen, daß sie seinen herein und warten mir auf das Marktesplatz. Also Bougmeester, der Geld oder — sie haben Pechkranz und Feuerzeuger, alles was gehören um anzünden zu. (Plötzliches heftiges Kanonenfeuer.) Ha, was das sein das? Bourgmeester, it nicht hoffen, daß man insultir die soldats meines großer König. Les soldats de la grande nation!

Sechzehnte Scene.

Vorige. Krummhaar, der gelassen eintritt.

Berwik.

Commandant! was sein das für Schießen? Es waren nix meiner Leute, die haben geschossen.

Krummhaar.

Nein, Herr! Eure Leute waren es nicht. Denn mit einer einzigen Kanone macht man keinen solchen Spektakel.

Berwik.

Was das sein das? Commandant: it befehlen Euch zu reden. Was das sein das? (Das Schießen hört auf.)

Krummhaar (sehr ruhig).

Das sage ich Euch recht gerne, ob Ihr es mir befehlt oder nicht. Es ist die einfachste Sache von der Welt: Eure Leute kamen bis an das Thor heran und suchten ganz ungenirt einzudringen! da ließ ich die Soldaten (den Hut abnehmend) Ludwigs des Größten (mit Nachdruck) m i t K a r t ä t s c h e n z u s a m m e n s c h i e ß e n! (ruhig) Weiter hat es nichts gegeben!

Berwik.

(Im fürchterlichsten Zorn abgehend). Ah! Sacré bougre de tête carrée!

Siebenzehnte Scene.

Vorige. Ohne Berwik.

Krummhaar (ihm nachrufend).

Nehmt auch Eure Kanone mit!

Walch.

Um Gotteswillen, was habt Ihr gethan, Oberst?

Krummhaar.

Meine **Pflicht**, Herr Bürgermeister, nur meine Pflicht! Nun Frau Barbara! Es sind doch hübsche, manierliche Leute, diese Franzosen!

Barbara.

Peter Krummhaar, ich möchte Euch um den Hals fallen!

Oberst.

Nur zu, Frau Barbara!

Barbara (ihm die Hand schüttelnd).

Nehmt meine Hand! Ich habe abzubitten. So sind wir Menschen eben: Wir sehen nur die Schaale, den Kern muß uns ein Zufall zeigen. (Indem sich die beiden die Hand reichen und Walch bedenklich den Kopf schüttelt, fällt der Vorhang.)

Zweiter Akt.

Erste Scene.

Wohnzimmer im Hause des Bürgermeisters. Ottilie sitzt an einem Tischchen und arbeitet, Fritz steht hinter ihr.

Ottilie.

Wie weit sind die Franzosen bis jetzt schon vorgedrungen?

Fritz.

Sie haben bereits ganz Württemberg besetzt, dazu die Reichsstädte Heilbronn und Eßlingen.

Ottilie.

Aber duldet denn das der Kaiser, der Reichstag?

Fritz.

Der Kaiser, der ist mit den Türken beschäftigt und der Reichstag mit etwas noch weit Wichtigerem.

Ottilie (aufmerkend).

Was gäbe es denn Wichtigeres, als uns zu Hülfe zu eilen.

Fritz.

Ein Streit von höchster Bedeutung! Ein Streit, der schon einigemal ganz Deutschland in den verhängnißvollsten Krieg zu verwickeln drohte, und der jetzt auf's neue mit der größten Leidenschaft entbrannt ist.

Ottilie (ungeduldig).

Was ist denn das für ein Streit, über was denn?

Fritz (bedeutungsvoll).

Der Excellenzenstreit!

Ottilie (ärgerlich).

Excellenzenstreit? Was soll denn das heißen?

Fritz.

Das ist der Streit darüber: Welcher von den Herren Abgeordneten am Reichstag berechtigt sein solle, den neu erfundenen Titel Excellenz anzusprechen, und wer nicht.

Ottilie (aufstehend).

Sie wollen wieder Ihren Scherz mit mir treiben: ich lasse mich aber nicht ärgern.

Fritz.

Spaß bei Seite! Die Sache ist wahr! Sie kommen deßhalb zu keinem Entschluß, weil sie sich in den Haaren liegen und jeder dem andern einen Schaden gönnen mag.

Ottilie (sich setzend).

Da hätten wir ja gar keine Aussicht auf Erlösung.

Fritz.

Die Regierung hatte nur zwei Wege: Entweder sie bewaffnete das ganze Volk und trat dem Feinde überall mit Entschlossenheit entgegen, oder sie zeigte sich unterwürfig und erfüllte zum Voraus alle Anforderungen, die man ihr stellte bevor der Feind sie erzwang. Für das Letztere scheint man sich entschieden zu haben.

Ottilie.

Durch eine Vertheidigung des Landes hätte man den Feind eben recht sehr gereizt.

Fritz.

Das Beispiel zeigt, daß, je unterwürfiger man ihnen entgegenkommt, desto unverschämter treten sie auf; und je entschlossener man ihnen entgegentritt, um so schneller kehren sie wieder um. Heute kam die Nachricht, daß die Bauern von Langenau den Marschall von Feuquières mit seiner ganzen Reiterei zurückgeschlagen haben.

Ottilie.

Aber da sollte die Regierung doch Alles aufbieten: den Landsturm und Alles.

Fritz.

Die Regierung will eben kein bewaffnetes Volk.

Ottilie.

Ja warum denn?

Fritz.

Es kann ja einmal kommen, daß Regierung und Volk sich im Widerspruch befänden und für diesen Fall muß sich die Regierung immer das Recht der Gewalt vorbehalten. Bevor sich die Regierung unter den Schutz der Volkskraft begibt, beugt sie sich lieber dem fremden Tyrannen und sucht sich mit diesem so gut wie möglich abzufinden. Sie hätten auch gar nicht den Muth, dem Feinde ernstlich entgegenzutreten. Alles was sie bis jetzt ausgerichtet haben, ist das, daß sie das ganze Land preisgeben gegen das Versprechen, die Residenz mit Quartieren und Plünderung zu verschonen.

Ottilie.

Das ist aber recht fatal!

Fritz.

Und nebenbei sehr falsch gerechnet; denn wenn sie das ganze Land einmal besetzt haben, werden sie Stuttgart gegenüber ihrem Versprechen ebenso wenig halten, als sie es an andern Orten gethan haben. Unser Städtchen ist bis jetzt noch allein im ganzen Lande verschont geblieben.

Ottilie.

Wenn es nur so bleibt!

Fritz.

So lange mein Vater commandirt in Schorndorf, kommt kein Franzose herein. Er und seine Leute haben sich gegenseitig zugeschworen, auszuhalten bis auf den letzten Mann, und sich unter unsern Mauern begraben zu lassen.

Ottilie.

Ach! das ist schön! Ich hätte entsetzliche Angst vor diesen Franzosen.

Fritz.

Ein hübsches Mädchen hat doch gewiß nichts von ihnen zu befürchten: die Franzosen sind ja bekannt als galante Leute, besonders gegen schöne Damen.

Ottilie.

Gehen Sie mir mit Ihren Complimenten. Ich weiß, wie ich das von Ihnen zu nehmen habe. Gestern behaupteten Sie noch, daß wir alle von den Affen abstammen. Ich getraue mich gar nicht mehr in den Spiegel zu schauen.

Fritz.

Ach das wäre ja recht schade!

Ottilie.

Ein Affe ist mir das eckelhafteste Geschöpf, das ich mir denken kann.

Fritz.

Es thut mir leid, aber ich sagte Ihnen nur, was die neuesten Forschungen der Wissenschaft bestätigen. Ich kann nichts dafür, wenn unser Urelternvater ein wohlgestalteter Orangutang war. Aber selbst die Bibel bestätigt diese Ansicht: Dem Affen fehlt auch die Rippe, aus welcher die Eva geschaffen wurde.

Ottilie.

Sie sind ein abscheulicher Mensch.

Fritz.

Sehen Sie, mein Fräulein, es kommt eben nicht immer auf den äußern Schein an: der schönste Mensch ist nicht nothwendig immer der beste. Trösten wir uns deßhalb damit, daß unser Urelternaffenvater so vortrefliche Anlagen hatte, daß er sich in Anerkennung seiner eigenen Verdienste selbst zum Menschen machte.

Ottilie.

Allerdings muß er das selber besorgt haben. Denn wenn der liebe Gott Menschen geschaffen hat, so hat er sie gewiß nicht zuerst Affen werden lassen, sondern dann hat er sie gut und schön geschaffen.

Fritz.

„Nach seinem Bilde," wie die liebe Eitelkeit sich einbildet!

Ottilie.

Eitelkeit? Als ob es nicht eine größere Eitelkeit wäre, wenn ihr euch einbildet, ihr hättet es nur eurem eigenen Verstande zu verdanken, daß ihr Menschen seid und nicht dem lieben Gott!

Fritz.

Bravo, mein Fräulein, das ist gut gesagt und da kann es noch Gelehrte geben, welche behaupten, die Frauenzimmer hätten keinen Verstand, sondern bloß einen helleren Instinkt! Was sagen Sie dazu?

Ottilie (unwillig aufstehend).

Daß Ihre Gelehrten jedenfalls durch etwas anderes, als solche Behauptungen, beweisen müssen, daß sie selber einen Verstand haben.

Fritz.

Bravissimo, mein Fräulein! O, bitte, fahren Sie fort in diesem Tone. Ich kenne nichts Reizenderes als eine Taube, die zürnt: das ist mir immer das Ideal der Liebenswürdigkeit.

Ottilie (auf- und abstürmend).

Glauben Sie denn, ich werde Ihnen den Narren machen? Gehen Sie zu Ihren Collegen in die Bierstube, aber mich lassen Sie in Ruhe mit Ihren Geschichten; machen Sie mit andern Leuten Ihre schlechten Witze!

Fritz.

Wenn mich die Pflicht nicht rufen würde, brächte mich nichts fort von hier. So hübsch habe ich Sie, weiß Gott, noch nie gesehen. Der Zorn auf dieser heitern Stirne ist wie entferntes Wetterleuchten an einem schönen Sommerabend, das uns nur Labung bringt, doch nicht im mindesten erschreckt.

Ottilie.

Sie glauben, Sie können mich ärgern. O! weit gefehlt! Ich bin so ruhig wie eine Bildsäule. Machen Sie nur so fort! Heißen Sie mich schön und alles Mögliche: Ich weiß doch, was Sie von mir denken. Ich bin ein Affe, ich bin dumm, ich habe keinen Verstand: Gott behüte! nicht ein Fünkchen Verstand! — Sie haben ja allen Verstand für sich allein nöthig, Sie sind so liebenswürdig, so schön, so galant! o, außerordentlich galant — im höchsten Grade galant! Vergessen Sie doch ja nicht, daß Sie der Herr der Schöpfung sind! Lassen Sie das doch ja keinen Augenblick aus den Augen!

Fritz (lachend).

Adieu, mein Fräulein! Ich hoffe Sie in gleicher Rosenlaune wieder zu finden. (Ab.)

Zweite Scene.

Ottilie (allein).

Der abscheuliche Mensch, der! Ich möchte ihm so böse sein, so böse! — An niemand ärgert es mich so sehr, wie an ihm! und immer sucht er mich zu erzürnen und von niemand anders würde ich mich erzürnen lassen, aber er weiß allemal wieder mich so recht, recht innerlich zu ärgern! (Einen Spiegel vom Tisch nehmend.) Hat denn das etwas vom Affen? Ich bin recht thöricht, mich durch so etwas nur aufbringen zu lassen. Das liegt doch auf der Hand, daß das nur Spaß ist. Aber — keinen Verstand haben! — Das ist zu stark, das werde ich ihm nie verzeihen!

Dritte Scene.

Ottilie, Hoff durch die Seitenthüre.

Hoff.

Ah! Sieh da unser hübsches Bürgermeistertöchterchen!

Ottilie (mit einem Knix).

Haben der Herr Hofjunker gut geruht?

Hoff.

Es wäre ja Verbrechen gegen Schöpfer und Creatur, nicht gut zu ruhen unter einem Dache mit einem so liebenswürdigen Kinde!

Ottilie.

Der Herr Junker belieben zu scherzen. Haben Sie nicht geträumt heute Nacht? Man sagt es gehe in Erfüllung, was Einem die erste Nacht in einem Hause träume.

Hoff.

O Kind! Dann müßte ich der seligste der Menschen werden. Denn ich träumte von Dir! Von diesem lieblichen Gesichtchen habe ich geträumt, von diesem schelmischen Augenpaar, von diesem Rosenmund (sie umfassend), von diesen Purpurlippen, die ich mit Inbrunst an die meinen drückte (er will sie küssen, sie weicht ihm aus.)

Ottilie.

Verzeiht, Herr Junker, dieser Traum wird nicht in Erfüllung gehen!

Hoff.

Und warum nicht?

Ottilie (altklug).

Das schickt sich nicht.

Hoff.

Altväterische Beschränktheit! Was heißt ein Kuß denn anders als: Du gefällst mir, Du bist werth geliebt zu werden! Wenn Du jetzt sehen könntest wie wunderlieblich sich diese Verlegenheit auf deinen Wangen malt. Nein! ein solches Wesen nicht zu küssen, wäre Sünde!

(Er drückt ihr schnell einen Kuß auf, sie reißt sich los und eilt ab durch die Seitenthüre. Hoff will ihr nacheilen, bleibt aber zurück, wie die andern durch die Mitte auftreten.)

Vierte Scene.

Hoff, Walch, Heller, Krummhaar.

Heller.

Oberst, Ihr müßt Raison annehmen! — Es geht nicht anders! — Heilbronn ist in den Händen der Franzosen, Eßlingen, der Asberg, ganz Württemberg; auch Tübingen — das feste Schloß — mußte man ihnen einräumen.

Oberst.

Und warum denn mußte man ihnen das alles einräumen? Damit sie Stuttgart verschonen sollen, nicht wahr? Hätte man die Bürger von Heilbronn gewähren lassen, es wäre heute noch kein Franzose in ihrem Städtchen.

Walch.

Aber ihre Stadt läge in Schutt und Asche.

Oberst.

Das behauptet ein wohlweiser, fürsichtiger, ehrenfester Rath, ich aber sage: Nein! nein! und abermal nein! Zurückgeschlagen hätten die wackern Bürger den Feind, wenn nicht ein ehrenfester Rath und Bürgermeister die Feinde hinten in die Stadt hereingelassen hätte, während die Bürger an den vordern Thoren den Feind abwehrten. Und was hat er bezweckt, der wohlweise Rath? — statt der versprochenen vierhundert Reiter haben sie zweitausend! — alle Zeughäuser sind geleert, alle Magazine sind geleert, alle Kassen sind geleert, alle Privathäuser ausgestohlen und nachdem alles ausgeleert war, wird vorgeschrieben, was täglich noch zu liefern ist; wie viel Contributionen aufzubringen sind; die Speisekarte machen die Herren Offiziere selbst! — bis in unsere Gegend müssen sie kommen, um die Fourage zu holen.

Walch.

Ist doch immer besser so, als wenn die ganze Stadt zusammengeschossen worden wäre.

Oberst.

Und wird denn damit nicht täglich noch gedroht?

Walch.

Gedroht ist nicht ausgeführt.

Oberst.

Die erste Drohung hätten sie am wenigsten ausgeführt, wenn sie ernstlichen Widerstand gefunden hätten.

Walch.

Aber bedenkt doch: Wie kann sich eine Stadt wie Heilbronn gegen das ungeheure Heer der Franzosen halten!

Oberst.

Heilbronn hat sich schon gegen Kaiser und Reich gehalten, warum nicht gegen diese Beutelschneider? Bewaffnet das Landvolk, statt daß ihr es den schauderhaftesten Grausamkeiten preisgebt.

Hoff.

Was kann denn ein solches Bürger- und Bauerngesindel gegen die Armee des großen Ludwig machen?

Oberst.

Was es machen kann? Sie zusammenschießen wie die Hunde. Ich habe diesen Einfall schon vor Jahr und Tag prophezeit. Hätte man meinen Rath befolgt und zum Gesetz erhoben, daß jeder Bürger um sein Grundstück herum, sei es Wiese oder Acker, eine gute Hecke ziehen muß, daß der Feind nirgends eine Stellung nehmen kann, — sich nicht frei bewegen kann, und gebt jedem Bürger und jedem Bauer eine Büchse in die Hand, dann möchte ich den Feind sehen, der sich in unserm Lande breit machen will.

Heller.

Das gehört nicht hieher. Warum wollt Ihr seinen Grimm reizen, da Ihr doch nichts gegen ihn ausrichten könnt?

Oberst.

Wir wollen einmal sehen, was wir ausrichten. Ich werde doch meine Festung und meine Kanone nicht so lüderlich übergeben!

Heller.

Ihr sollt freien Abzug haben mit allem Geschütz und Waffen.

Oberst.

Wie bei Asberg? Wo sind denn die Kanonen von Asberg? Wo sind die Kanonen von Eßlingen? Schon sechsmal hat man sie dem Melac abgelaufen, und allemal hat er sie wieder gestohlen; er läßt sie sich noch ein paarmal ablaufen, und dann schleppt er sie zuletzt dennoch mit fort.

Heller (zieht einen Geldbeutel).

Ich bin beauftragt, Euch 2000 Dublonen anzubieten für den Fall, daß Ihr auf unsern Vorschlag eingeht.

Oberst.

Herr Hofrath, ich will nicht fragen, woher dieses Geld kommt! (Er wiegt den Beutel). Man sagt, es komme von dem Gelde, das die Franzosen zusammenstehlen, wieder vieles über

den Rhein zurück: Aber das sage ich Euch: So sehr ich dieses
Geld brauchen könnte, und so sehr ich seinen Werth zu
schätzen weiß, meine Ehre ist mir doch dafür nicht feil!
(Er gibt ihm den Beutel zurück.)

Hoff.

Lieber Oberst, was Ehre ist, das muß ich wissen. Wenn
Ihnen ein Mann von altem Adel sagt: Sie können es thun,
so braucht sich Ihr bürgerliches Gewissen nicht dagegen zu
sträuben.

Walch.

Bedenken Sie, Oberst, wie diese Summe Ihrem Haus=
stande wohl zu Statten käme! — Ihr Herr Sohn könnte mit
diesem Vermögen die glänzendste Parthie machen.

Oberst.

Nützt euch alles nichts! Ich halte mein Schorndorf und
wenn das ganze deutsche Reich in Fetzen geht.

Heller.

Halt ein, Jerobeam! Wißt Ihr denn, um was es sich han=
delt; wißt Ihr, warum ich Euch diese Summe anbiete? Stutt=
gart haben Sie geschworen aus dem Sarge herauszubrennen,
wenn man ihnen Schorndorf nicht ausliefere: Ist es da nicht
Pflicht eines jeden Unterthanen, daß er die Residenz rette, den
Sitz unserer Herzoge, die Wiege ihrer Ahnen! Das Kind im
Mutterleibe haben sie geschworen nicht zu schonen, und Du,
Entsetzlicher — wirst schuld sein an dem Untergange der herr=
lichen Stadt. Am jüngsten Tage werden sie Zeter schreien über
dich, die armen Mütter, die nackten Kinder und die gebeugten
Greise! da werden sie aufstehen und rufen: Das ist der hart=
geherzte Mann, dessen Stolz und Hochmuth unsre schöne Hei=
mat zerstört hat! Aus ihren Grüften werden sie steigen die
vorangegangenen und kommenden Herrscher dieses Landes und
werden gegen Dich auftreten und zeugen am Tage des Ge=

richtes und sagen: Das ist der Mann, der den Sitz unserer Ahnen in Schutt und Asche gelegt hat.

Oberst.

Herr Kirchenrath, glaubt Ihr wirklich, daß sie Stuttgart zusammenbrennen?

Heller.

O ganz gewiß! wenn Ihr Schorndorf nicht übergebt.

Oberst.

Dann glaube ich, daß sie es auch thun werden, wenn sie Schorndorf haben, und deßhalb will ich versuchen es zu halten. Denn seht, Herr Kirchenrath, wenn den Franzosen ihr Gewissen nicht verbietet Stuttgart anzuzünden, so gibt es wohl kein Mittel, sie davon abzuhalten. Mein Gewissen aber habt Ihr durch Eure schöne Declamation so sehr geweckt, daß es mir auf's bestimmteste verbietet, Schorndorf zu übergeben. Gehabt Euch wohl, Ihr Herrn! (Geht entrüstet ab.)

Fünfte Scene.

Hoff. Walch. Heller.

Hoff.

Laßt den alten Narren laufen! An Euch, Bürgermeister, ist es jetzt den Gescheidten zu machen. Ihr seid ja unumschränkter Gebieter in Eurem Städtchen!

Walch.

O! edler Junker, wollte Gott, dem wäre so. Dann wäre Manches nicht passirt, worüber die Welt jetzt die Nase rümpft.

Hoff (zu Heller).

Er weiß das nemlich immer so einzurichten: Wenn eine Sache ungeschickt herauskommt, dann muß der Stadtrath die Schuld tragen, fällt sie aber gut aus, so nimmt er den Ruhm für sich in Anspruch. Recht so, Bürgermeister, pfiffig muß man sein in der Welt!

Heller.

Ich hoffe, er wird den Willen der hohen Regierung blindlings vollstrecken, was auch die Bürger dazu sagen mögen.

Walch.

Bedenkt aber, meine Herrn, ich bin von der Bürgerschaft gewählt!

Hoff.

Gut! — Gewählt seid Ihr, ja, und zwar lebenslänglich, was habt Ihr Euch also weiter um sie zu kümmern?

Walch.

Ach, meine Herrn, man muß doch bei allem den guten Schein wahren.

Heller.

Der gute Schein ist immer auf Seite der Regierung. Es wird Euch eine goldene Gnadenkette nicht fehlen, Bürgermeister.

Walch.

Ach, meine Herrn, ich will ja nur das Beste meines Städtchens, aber ich sehe ja wohl ein, daß es nichts nützen würde, sich da zu widersetzen. Also lassen wir in Gottes Namen die Franzosen herein. Aber nicht wahr, meine Herren, wenn ich Sie einmal brauche, dann sind Sie mir auch wieder zu Diensten?

Heller.

Umarmt mich, Bürgermeister! O welch ein Glück, noch Leute zu finden, die so treulich mit der Regierung gehen.

Hoff.

Wir wollen überlegen, wie die Sache sich am besten machen läßt.

Walch.

Aber, meine Herren: Das tiefste Stillschweigen beobachtet! Vor Allem darf meine Frau nichts davon erfahren. Sie mischt sich zwar nicht in Staatsgeschäfte, aber es ist doch besser, sie weiß nichts davon, denn ich lebe so ruhig und zufrieden mit ihr. Wenn wir Sonntags in die Kirche gehen, — was ich pflichtgetreu thue, um zu sehen, wer da ist und wer nicht da ist — da soll man denken: Ein besserer Ehemann ist nicht zu finden! Und sehen Sie, meine Herrn, so gebe ich den Bürgern ein gutes Beispiel, und das ist die Hauptsache, und darum soll sie nichts erfahren, bis es nöthig ist!

Heller.

Schon gut, Bürgermeister, wir treffen uns später! Folgt mir, Junker! (Ab mit Hoff.)

Sechste Scene.

Walch (allein).

Ein rechter Esel dieser Krummhaar! Zweitausend Dublonen! Donnerwetter! Der Mensch könnte alle seine Schulden bezahlen und es bliebe ihm noch genug übrig. Ich weiß zwar nicht, ob er Schulden hat, aber das ist bei dergleichen Herren immer anzunehmen. Doch was denkt so Einer an's Zahlen. Schulden machen, ja, das können sie, aber was die erste Pflicht eines ehrlichen Mannes ist: das Zahlen, das ist ihnen Nebensache. Ich müßte ein rechter Narr sein, wenn ich mich da widersetzen wollte. Gehorchen ist ja Pflicht! Also lieber ein bischen mehr thun, so ist man wohl angeschrieben bei den Herrn am Hofe und das gibt uns ein Ansehen! — Nach oben gefällig sein, nach unten aber herrschen, das ist meine Maxime, da bleibt man gefürchtet und wer gefürchtet wird, der wird geehrt!

Siebente Scene.

Walch, Barbara mit Ferber, der ein verbundenes Gesicht hat.

Walch.

Ah! Sieh da, Herr Ferber. Was bringt Er?

Ferber.

Ach Du meine Güte, Herr Bürgermeister, wo wurde ich nicht überall herumgeschickt!

Walch.

Und was sagte der Melac auf mein Schreiben? Wurde die geheime Lieferung, die wir ihm gemacht haben, gnädig aufgenommen?

Ferber.

Ach Du meine Güte! Ich habe Dero Schreiben dem Herrn General ehrerbietigst dargereicht. Ich stand wohl eine Viertelstunde in devotester Stellung, während seine Excellenz mit Schreiben beschäftigt waren. (Gegen Barbara.) Ach du meine Güte! — heißt das schreiben! — Buchstaben hat er gemacht wie mit einem Besenstiel. (Zu ihm.) Als Excellenz mich immer noch nicht zu bemerken geruhten, wagte ich, unter devotester Reverenzbeugung, mich noch etwas mehr zu nähern! (Zu ihr.) Da ließ ich meine Blicke so auf das Papier gleiten, das Excellenz beschrieben hatten und da mußte ich sehen — ach du meine Güte! — daß Excellenz Dero Namen schreiben, wie wir gewohnt sind den Namen unsers Herrn Jesu Christi zu schreiben, die drei ersten Buchstaben groß und die andern klein! Excellenz beliebten auch zu fluchen „bei Jesus Christus und allen andern Teufeln." Da ich immer noch in Betrachtung versunken dastand und bedachte, wie Excellenz sich nichtsdestoweniger den General des allerchristlichsten Königs nennen, beliebten Excellenz endlich mich zu gewahren, und richteten seinen steinernen Blick auf mich. Ich verzog mein Gesicht sogleich zu freundlichst denkbarem demuthsvollem Lächeln! Da erhoben Excellenz lautlos Dero Feder — so hoch — bis an Dero Augen! — zielten mit eisernem Blick, und stießen diese gespitzte, mit Dinte gefüllte Feder mir senkrecht hier in die Wange.

Barbara.

Herr Gott! Ja! was habt Ihr dann gemacht?

Ferber.

Ach du meine Güte! Ich glaube, ich bin in Ohnmacht gefallen. Ich weiß nicht, haben sie mich zum Fenster oder zur Thüre hinausgeworfen. Die Feder mußte ich mit der Beißzange wieder herausziehen.

Walch.

Aber was für Antwort bringt Ihr auf mein Schreiben?

Barbara.

Na! wenn das nicht Antwort genug ist. Ich dächte, das sei eine treffende Antwort gewesen. Was habt Ihr denn sonst gehört, Herr Ferber?

Ferber.

Ach du meine Güte! Da ist des Jammers gar kein Ende. In ganz Eßlingen ist kein Stückchen Metall mehr aufzutreiben, kaum etwas Eisen, geschweige denn etwas besseres. Nicht nur Hab und Gut ist fort, sondern auch aller Credit, den die Stadt oder die Bürgerschaft noch auswärts gehabt haben, ist längst erschöpft durch Requisitionen aller Art, die sie von auswärts sich verschaffen müssen und auf Credit nehmen, weil sie kein Geld mehr haben.

Walch (unruhig).

Herr Ferber, folge Er mir auf mein Zimmer!

Barbara (Ferbern zurückhaltend).

Wie benehmen sich denn die Feinde in den Quartieren?

Ferber.

Ach du meine Güte! Die allgemeine Praxis ist die, daß man die Hausbesitzer aufknüpft.

Barbara?

Aufknüpft?

Ferber.

Ja wohl! und zwar so lange läßt man sie hängen, bis

sie alles verrathen haben, was sie besitzen. Einige ließen sie hängen, bis sie ganz blau waren, andere waren gar todt, als man sie abschnitt.

Barbara.
Und das läßt man sich gefallen?

Ferber.
Nicht doch! Der Herr Bürgermeister haben Klage geführt beim Herrn General und der Herr General versprachen einzuschreiten gegen eine besondere Verehrung von tausend Gulden und dem Herrn Adjutanten hundert Gulden und dem Kammerdiener einige Dublonen.

Barbara.
Und ist es dann besser geworden?

Ferber.
Excellenz haben sich in das Haus verfügt, wo der ärgste Unfug getrieben worden, und haben die Pferde aus dem Zimmer entfernen lassen.

Barbara.
Die Pferde?

Ferber.
Sie haben eben überall, wo gute Treppen sind, die Pferde im Zimmer untergebracht -- dann haben Excellenz seine beiden großen Hunde gerufen! Dieselben belieben immer bei Excellenz im Bette zu liegen und werden von den Soldaten für Zauberhunde gehalten. Einer derselben geruhte kürzlich zu sterben und wurde unter Sang und Klang auf dem Friedhof beerdigt.

Barbara.
Und was war's mit der Strafe?

Ferber.
Excellenz hetzten die beiden Hunde auf die Angeklagten und ließen sie von denselben jämmerlich zerzausen. Dann nahmen

Excellenz seinen eigenen großen Stock und hieben ganz entsetz=
lich auf die beiden armen Schelme ein, bis Excellenz müde
waren; dann geriethen Excellenz in eine fürchterliche
Wuth und für diesen Fall haben Excellenz immer Holzäpfel in
der Tasche, welche Excellenz dann im höchsten Zorne zusam=
menbeißen.

Barbara.

Das ist ja eine liebenswürdige Persönlichkeit! —
Hat denn die Züchtigung etwas gefruchtet?

Ferber.

Nicht das mindeste, Frau Bürgermeisterin. Die Soldaten
sind das schon gewöhnt, daß Excellenz manchmal solche Wuth=
ausbrüche haben.

Barbara.

Das haben die Eßlinger also für ihr devotes Entgegenkom=
men. Das sind die Früchte der Neutralität! Gottlob, daß wir
hinter unsern Wällen vor diesen saubern Gästen sicher sind!

Walch (der Ferbern immer zu unterbrechen gesucht hat).

Folge Er mir, Ferber!

Barbara.

Höre Walch! Was wollen denn die Stuttgarter Herren hier?

Walch.

Sie reisen morgen wieder ab!

Barbara.

Sie wollen wegen einer Uebergabe verhandeln, um ihr
Stuttgart zu retten! Anstatt daß uns diese Regierung schützt,
verkauft sie uns an den Feind. Was verhandelst Du mit die=
sen Herrn? Sieh mir in's Gesicht!

Walch.

Du mein Gott! Ich habe da gar nicht zu entscheiden. Der
Oberst ist ja der Commandant der Festung. Folge Er mir,
Ferber!   (Beide ab.)

Achte Scene.

Barbara, gleich darauf Hanne Katzenstein.

Barbara.

Das ist wahr! Der Oberst ist uns eine sichere Stütze. Solange wir den haben, kommt kein Franzose in das Städtchen. Im ganzen Lande wäre keiner, wenn alle wären wie er!

Hanne.

Grüß Dich Gott, Frau Barbara!

Barbara.

Hanne, Du kommst mir wie gerufen!

Hanne.

Frau Bürgermeisterin, Du mußt mir helfen!

Barbara.

Ich Dir helfen? Der resolutesten Frau im ganzen Städtchen!

Hanne.

Ja, wenn es mein Hauswesen angeht oder meinen Alten, da werde ich schon allein fertig, aber jetzt geht mir die Politik im Kopfe herum, und das macht mich ganz confus.

Barbara.

Mir geht es weiß Gott auch nicht besser!

Hanne.

Ja müssen wir denn diese frisirten Banditen in unser Städtchen herein lassen?

Barbara.

Hereinlassen? Wer spricht denn von Hereinlassen?

Hanne.

Mein Alter sagt: Es gienge nicht anders.

Barbara.

Das sagt Dein Mann?

Hanne.

Ja! Es sei schon alles abgemacht.

Barbara (auf- und absturmend).

Jetzt geht mir ein Licht auf! — Dacht' ich mir's doch! Da oben wackelt's auf dem Rathhaus! Deßhalb konnte er mich nicht ansehen!

Hanne.

Der Meine läuft in Aengsten umher, als ob die Franzosen schon herein wären. Ach Gott! Ich habe mir schon so viel Mühe gegeben, ein bischen mehr Courage an ihn hinzubringen, aber je mehr ich ihm vorpredige, um so weniger ist es mit ihm.

Barbara.

Aber ohne den Krummhaar können sie ja nichts machen.

Hanne.

Der wird nicht gefragt! Es geschieht hinter seinem Rücken! Das ist schon Alles abgemacht!

Barbara.

Nein! Jetzt reißt mir die Geduld! Ich bin sonst nicht dafür, daß wir Weiber uns in Sachen mischen, welche die Männer angehen. Wir gehören in das Hauswesen; aber wenn es so aussieht, daß unter der ganzen Bürgerschaft kein ordentliches Mannsbild mehr aufzutreiben ist, dann müssen wir einmal eine Ausnahme machen und zeigen, daß wir auch außer dem Haus regieren können.

Hanne (am Fenster).

Dort geht der Oberst.

Barbara (hinausrufend).

Herr Oberst! Herr Oberst! Er muß uns klaren Wein einschenken.

Hanne.

Auch auf seinen Sohn können wir uns verlassen.

Barbara.

Ich weiß das! Aber wir verlassen uns auf uns selbst, nur auf uns selbst, das ist die einzige Verläßlichkeit!

Neunte Scene.

Vorige. Oberst.

Oberst.

Was steht zu Diensten, meine Verehrtesten? Ich habe Eile!

Barbara.

Oberst, wißt Ihr, daß sie die Franzosen heimlich herein lassen wollen?

Oberst.

Dachte ich mir's doch! O die erbärmlichen Hanswurste!

Barbara.

Was könnt Ihr thun in diesem Fall?

Oberst.

Mir eine Kugel durch den Kopf jagen, wenn ich nicht mit ansehen will, wie sie meine Mauern in die Luft sprengen!

Barbara.

Könntet Ihr Euch denn gegen eine regelrechte Belagerung halten?

Oberst.

Gewiß! Es ist gar nicht weit her mit ihrer Macht. Sie haben eine unverhältnißmäßig große Anzahl Offiziere in ihrem Heer, das gibt der Armee ein so großes Ansehen. Und dann sind auch die Reichstruppen im Anmarsch.

Barbara.

Da müßt Ihr doch eine Uebergabe zu verhindern suchen!

Oberst.

Es ist eben zu viel gewagt, wenn ich allein mich der Regierung, der Bürgerschaft und dem Rath widersetzen will. Die

Verantwortung wäre für mich zu groß. Wenn ich nur wenigstens an der Bürgerschaft einen Halt hätte, aber mit den Burschen ist gar nichts anzufangen. Ich habe schon nachgeforscht.

Barbara.

Was da! Wenn die Männer nicht dran wollen, so müssen die Weiber dran. Hanne, ich weiß, Du denkst wie ich. Hier, Oberst meine Hand darauf, — wir helfen Euch!

Oberst (beiden die Hand reichend).

Kreuzbataillon! Das nenne ich Verbündete!

Babara.

Nicht gespottet, Oberst! Ich spreche im Ernst! Wir lassen diese gallischen Schnapphähne nicht herein!

Oberst.

Aber was wollt ihr denn thun?

Barbara.

Jede Frau bearbeitet ihren Mann, daß nichts geschieht ohne unser Wissen und gegen unsern Willen.

Hanne.

Ganz recht! Es werden nur wenige sein, die da nichts ausrichten.

Oberst.

Das wird lustig werden. Wenn die Kerls schon die Franzosen fürchten, so haben sie doch noch größern Respekt vor ihren Weibern.

Barbara.

Ihr sollt sehen, was die Weiberschaft vermag!

Hanne.

Wenn die Frau Bürgermeisterin vorangeht, folgen alle Frauen von Schorndorf.

Oberst.

Ich nehme Eure Hilfe an! Jetzt soll der große Ludwig kommen! Einen solchen Bund hat er auf seinen Siegeswegen ganz gewiß noch nicht getroffen.

Barbara.

Drei wackre deutsche Herzen schlagen hier zusammen, sei's in der Uniform, sei es im Weiberrock.

Oberst (beiden die Hand schüttelnd).

Und was ein wackrer Sinn vermag, das wird sich zeigen!
(Der Vorhang fällt.)

Dritter Akt.

Erste Scene.

Das Zimmer wie im zweiten Akt.

Ottilie (allein).

Er bleibt lange! — Er muß doch wieder hieher zurückkommen! Vaters Zimmer hat ja keinen andern Ausgang. (Sie sucht sich zu beschäftigen.) Er soll ja nicht glauben, daß ich ihn erwarte, der Junker! O nein! Ich habe hier zu thun, ich muß aufräumen, ich muß abstäuben! Ich will eigentlich — ja — ich will ihm eigentlich nur sagen, daß er mir gar nicht so gefällt, wie er sich vielleicht einbildet. Ja richtig! Das will ich ihm sagen. — Sonst dauert er mich recht, der gute Junker! Ich hätte gar nicht geglaubt, daß ein so vornehmer Herr so viel durchzumachen hat. Aber die bösen Damen am Hofe haben ihn zu allem Uebeln verleitet, und ich, sagt er, sei dazu berufen, ihn wieder auf den bessern Weg zu führen. Ach Gott! er ist ja doch nicht für mich. Ich — und eine Hofdame! Ich würde alle übrigen verdunkeln, sagt er; ich müßte da die Toilettenkunst eben auch ein wenig studiren! Ach! wie ihn jede kleine Gunst von mir so unendlich glücklich macht — und so dankbar ist er für das kleinste Zeichen von Zuneigung? Warum ihm das versagen? Er fordert ja so wenig und ich mache einen Menschen glücklich und beßre ihn zugleich! Das muß man schon sagen, einen feinen Geschmack hat er! Er besitzt Bildung und Anstand! Ach, was ist der Fritz ein grober Mensch im

Vergleich mit diesem Junker! Wie fein klingt das, wenn er sagt: „mein Fräulein!" Die Andern sagen nur Tille zu mir; das klingt so plump, so schwäbisch! Ach! — Er versteht mich, er erkennt meinen innern Werth; er weiß, daß mich das Gemeine, das Alltägliche anwidert. Hier im Hause verstehen sie mich nicht: sie halten für dumm, was höheres Gefühl ist. — Ah! da ist er. (Sie thut, als wolle sie gehen.)

Zweite Scene.

Ottilie. Hoff.

Hoff.

Mein Fräulein! Sie wollen gehen?

Ottilie.

Ich habe gar so viel zu thun: ich muß ja für unsre Herren Gäste sorgen!

Hoff.

Ueber die Sorge für Ihre Gäste dürfen Sie diese selbst nicht vernachläßigen. Gönnen Sie mir einen Augenblick das unendliche Glück Ihrer Gegenwart! In das sorgenschwere Dasein meiner politischen Laufbahn blickt Ihre holde Nähe manchmal wie das Lächeln eines warmen Sonnenstrahles herein. Wollen Sie mir dieses kurze Glück nicht gönnen?

Ottilie.

Wie kann denn ein einfaches Bürgermädchen Ihnen gefallen, der Sie gewöhnt sind, mit den glänzenden Schönheiten der Höfe zu verkehren.

Hoff (ihre Hand fassend).

Ach daß die Unschuld ihren unendlichen Reiz niemals selbst begreifen kann! Was ist die raffinirte Coquetterie der gefeiertesten Damen am Hofe Ludwigs gegen diese naive Liebenswürdigkeit. (Er faßt sie am Kinn.) Wie wunderbar sich diese Seidenwimpern niedersenken, als müßten sie die Gluth des Auges

4

dämpfen, daß nicht ihr Blitz mein Herz mit einem Schlag in Flammen setze. (Sie blickt ihn verschämt kokettirend an.) Wenn ich an mein vergangenes Leben denke, möchte ich mich selbst verachten; aber ich habe ja Dich noch nicht gekannt! O hilf mir ein neues besseres Dasein beginnen! Schenke mir Dein Vertrauen. Kannst Du mich verstoßen wollen, kannst Du diese Schuld auf Dein reines Herz laden? Mädchen, glaube mir, dein Bildniß verfolgt mich Tag und Nacht! Im Traume sehe ich Dich stets, wie Du auf weichem Pfühle schlummerst, die reichen Locken wallen nieder auf den lichten Nacken und malen süße Schatten auf den Lilienhals. — Was ist die Grazie der Toilettenkunst gegen diese wonnige Natur. (Eindringlich.) O! dürft' ich einmal Dich in Wirklichkeit so schauen, um wie ein Götterbild Dich anzubeten. O, wie beneide ich den Seligen, der Dich besitzen soll. Ach Gott! — Ich weiß es ja, ich werde diese süße Frucht nicht pflücken, für mich erschließt sich diese Himmelsknospe nicht, ich muß mein Dasein elend weiter schleppen, aber eines darfst Du mir nicht weigern, Mädchen. Ich verlange ja so wenig gegen das, was Du mir bieten könntest. Ottilie, ich verlange nichts als Ihre Freundschaft! Ich muß Dich einmal allein und ungestört sprechen. O! laß mich heute Abend Dich im Gartenhäuschen treffen. Ottilie! Ich muß Dir ein Geheimniß anvertrauen, das meine Zukunft, mein Lebensglück — ja mein Seelenheil entscheidet — Du sollst mir rathen! — Du — mit Deinem engelreinen Herzen — Du sollst mir den Weg zeigen, den ich nicht zu finden weiß — Dein Rath soll mich leiten — Dir — ja Dir — vertraue ich mich ganz — Dir allein auf dieser Welt! — Mußt Du mein Vertrauen nicht erwiedern? — Du kommst, nicht wahr? — Bei Gott! — wenn Du mich noch nicht so weit kennen und schätzen gelernt hast — wenn ich Dir noch nicht so viel werth geworden bin, daß Du die albernen Anstandsregeln einen Augenblick außer Acht setzest, wenn es sich um mein

Lebensglück handelt, dann, bei Gott, dann verzweifle ich an mir selber: dann ist mir alles zuwider auf dieser Welt — dann muß ich mich selbst verachten — dann   ja — dann soll man mich eines Morgens als Leiche finden, denn die Einzige auf dieser Welt, die ich schätzen — die ich lieben — die ich anbeten gelernt habe — hat mich verachtet.

Ottilie.

Nicht doch, Junker. — Ihr dauert mich recht herzlich. Ich will Euch gerne helfen, weil Ihr so unglücklich seid.

Hoff.

Und Du kommst, sobald es dunkel wird?

Ottilie.

Nicht in das Häuschen, doch im Garten werdet Ihr mich finden!

Hoff.

Schon gut! — Ottilie, Sie sind ein Engel! — Ich kann nicht anders! Ich muß mit einem Kuß Dir danken, himmlisches Mädchen.

(Er küßt sie schnell. Ottilie reißt sich los und eilt ab.)

Dritte Scene.

Hoff. Barbara.

Barbara (für sich).

Holla! Junkerchen! Holla! Hm! Hm! (Sie hustet laut.)

Hoff.

Ah! sieh da, unsre liebenswürdige Frau Wirthin, das Muster einer Hausfrau, immer munter, immer thätig!

Barbara.

Jawohl, Herr Junker! Unser Eines muß die Augen immer offen haben. Der Herr Kriegsrath sucht Euch.

Hoff.

Dacht' ich es doch, da will ich gleich — Gehorsamer Diener. (Ab.)

Vierte Scene.

Barbara (allein).

Gehorsame Dienerin! — So, so, Junkerchen! Da heißt es aufgepaßt! — Wo nur der Walch steckt? Im ganzen Hause suche ich ihn vergebens. Er geht mir aus dem Wege. Vorhin war er nicht in seinem Zimmer (sie öffnet die Seitenthüre.) Richtig! Da sitzt er, ganz begraben unter Alten. Walch! Höre, Walch! Komm doch ein wenig herüber! — (Für sich.) Jetzt muß es biegen oder brechen!

Fünfte Scene.

Barbara, Walch eine Feder hinter dem Ohr.

Walch.

Herzliebste Barbara, Du solltest mich nicht stören; ich habe so nothwendig zu arbeiten.

Barbara.

Nothwendig ist jetzt nur Eines, und da will ich auch ein Wort mitsprechen, nämlich die Entscheidung der Frage, wie man den Franzosen begegnen will.

Walch.

Du mein Gott, da läßt sich zum Voraus ja gar nichts bestimmen; das wird von Zeit und Umständen abhängen.

Barbara.

Ich weiß: Ihr wollt dem Feinde die Thore öffnen!

Walch.

Behüte Gott! davon darf gar keine Rede sein; aber auf

das Alleräußerste es ankommen zu lassen, dürfte doch auch gerade nicht rathsam sein.

Barbara.

Höre, Walch, Du bist nicht aufrichtig gegen mich und das ist nicht recht von Dir!

Walch.

Aber liebe, beste Barbara, ich bitte Dich!

Barbara.

Sieh Walch! Ich habe Dich zum Manne genommen, obgleich Du um Vieles älter bist als ich, weil ich Dich für einen achtbaren, rechtschaffenen Mann hielt, weil ich dachte, an der Seite eines respectabeln Mannes selbst die Achtung zu genießen, die ich vermöge meiner Verhältnisse beanspruchen kann: Wenn Du mir aber jetzt einen solchen Streich spielst und unser gutes Städtchen aus bloßer Feigheit, aus bloßer Kriecherei gegen den Hof, an den Feind verrathen kannst, dann hast Du aufgehört, meine Achtung zu genießen und ich will mit einem solchen Manne nicht länger verbunden sein: dann sind wir geschieden auf immer!

Walch.

Aber liebes, bestes Herzensweib! Davon ist ja gar keine Rede. Ich kann ja allein nichts machen, da ist die Regierung, der Kriegsrath, die Bürgerschaft, der Oberst.

Barbara.

Du bist der Bürgermeister, Du sollst mit gutem Beispiel vorangehen!

Walch.

Ich kann aber doch den Befehl der Regierung nicht ganz mißachten.

Barbara.

Handle Du nach Deinem Gewissen, das kommt vor der Regierung.

Walch.

Siehst Du, liebes Weib, wohin der blinde Eifer Dich treibt. Wie könnte da noch eine Ordnung gehandhabt werden, wenn Jeder käme und sagte: „Ja da muß ich erst mein Gewissen fragen, bevor ich Folge leiste." Da würde jedem Soldaten sein Gewissen verbieten, in den Krieg zu ziehen.

Barbara.

Das sind Spitzfindigkeiten, darauf lasse ich mich nicht ein! Ich sage Dir nur so viel: Wenn Schorndorf übergeben wird, sind wir geschieden!

Walch.

Aber Barbara, ich bitte Dich, nimm doch Vernunft an!

Barbara.

Ich will nichts weiter hören — Du kennst meinen Entschluß.

Walch.

Laß doch nur ein bischen den Verstand walten! Bei Euch Weibern gibt es keinen Mittelweg; da ist alles entweder schwarz oder weiß, himmlisch gut oder in alle Ewigkeit verdammt. Alles wird gleich zur Leidenschaft, da urtheilt nicht der Kopf, nein, nur das Herz wird gefragt.

Barbara.

Ja! weiß Gott! Da sprichst Du wahr. Das Herz allein ist meine Richtschnur; und wollte Gott, es wäre auch bei Dir so! Doch glaube nicht, daß mein Verstand deßhalb ganz müßig gehe! — Ich sage Dir hiemit mein letztes Wort: Wenn Schorndorf übergeben wird, sind wir geschieden!! (Ab.)

Sechste Scene.

Walch (allein).

Sie ist, weiß Gott, im Stande und macht Ernst. Da müssen wir vorsichtig sein und vor Allem — wenn es nicht anders geht — den guten Schein wahren. (Es wäre mir doch eine große Verlegenheit das! — (Ab.)

Siebente Scene.

Die Scene verwandelt sich in den Rathssaal. Im Hintergrund eine Thüre und ein großer Kachelofen. Heller, Hoff, Rathsherren, Ferber treten auf.

Heller.

Es geht nicht anders, meine Herrn! Lassen Sie die Weiber schreien! Wenn die Franzosen morgen einrücken, arrangiren wir sogleich einen Festball; wenn dann die Frauen zu tanzen bekommen und die schönen Uniformen sehen, geben sie sich gerne zufrieden. Sie sind alle nur aufgehetzt von der Bürgermeisterin.

Hoff.

Kriegsrath, das ist ein guter Einfall: ein Ball muß arrangirt werden. (Für sich.) Da kann ich meine kleine Eroberung vollenden.

Achte Scene.

Vorige. Walch.

Walch.

Ich bitte, meine Herren, nehmen Sie Platz! (Alle setzen sich.) Herr Kriegsrath, ich habe mich nun des Bessern bedacht, es geht doch nicht so, wie wir es besprochen haben. Wir müssen es doch wenigstens auf einen Sturm ankommen lassen.

Heller.

Wie Herr Bürgermeister? Ich unterhandle in Eurem Namen mit den Franzosen und jetzt kommt Ihr mir wieder mit Flausen. Aus Euch spricht Eure Frau heraus, schämt Euch, Herr Bürgermeister, so unter dem Pantoffel zu stehen! Von euch allen ist es Ehrensache, daß ihr euch nicht durch eure Frauen zu Schanden machen laßt!

Walch.

Aber der Oberst?

Heller.

Ich habe Vollmacht, alle seine Leute ihres Eides und ihres Dienstes zu entbinden. Allein — wird er seine Wälle nicht halten wollen. Wir haben keine Zeit zu verlieren. Hier sind die Artikel der Capitulation. Es handelt sich nur darum, sogleich einen Abgesandten in das Lager zu schicken, der als Bürge dort verbleibt, bis wir unsre Versprechungen erfüllt haben. Wen schlagt Ihr dazu vor, Bürgermeister!

Walch.

Ja! Da weiß ich wirklich nicht. — Doch sieh da, Herr Ferber! Er spricht französisch, ist den Herren schon bekannt: Ich wüßte keinen bessern zu finden, als Herrn Ferber!

Ferber (tritt vor, indem er sich krümmt und windet).

O! du meine Güte! allerdurchlauchtigste Herren, wie sollte ein armer, nur der Schreiberei beflissener Mann, zu solcher Dienstleistung acceptabel sein. Herr General Excellenz werden meine Wenigkeit refusiren. Weiß Gott, meine Herrn, ich bin zu solchem hervorragendem Dienste nicht capabel als ein armer mitteloser Mann. Herr General Excellenz möchten sich meiner unliebsam erinnern und mich nicht für das halten, was ich vorstellen soll, so daß die ganze Sache dadurch Schaden nehmen möchte und Excellenz mich unnöthigerweise übler Traktation theilhaftig werden lassen dürften.

Heller.

Keine Umstände, Herr Ferber, hier sind Seine Papiere. Reite er so schnell wie möglich ins französische Lager.

Ferber.

Aber —

Heller.

Ich befehle es im Namen der hohen Regierung.

Ferber.

A! — O! — will durch die Mitte abgehen.

Walch.

Die Thüre dort ist verschlossen. Gehe Er hier durch. Ich ließ alle anstoßenden Gemächer abschließen, damit man uns nicht belauschen kann.

(Ferber ab.)

Neunte Scene.

Vorige ohne Ferber, gleich darauf Barbara aus dem Ofen schauend.

Walch.

Meine Herrn! Ich sehe wohl, es bleibt uns kein anderes Mittel als gute Miene zum bösen Spiele zu machen! Sollen wir unser Städtchen elendiglich zusammenschießen lassen? Der Krummhaar hat gut reden. Er hat weder Hab noch Gut zu verlieren. Für das bischen Ehre, das er da aus der Affaire zu ziehen meint, sollen wir unsre sieben Sächelchen einbüßen. Nein, meine Herren, hier heißt es: Der Gescheidtere gibt nach. Wir können zwar immer noch thun, was wir wollen, wenn wir Herr Ferber preisgeben wollen und diesen kann man ja für die erlittene Unbill schadlos halten, aber ich meine, wir sollten uns schon die Weiber nicht so über den Kopf wachsen lassen. Es geht Einem wie dem Andern von uns, und wenn wir alle in den gleichen Schuhen stecken, müssen sich die Weiber am Ende zufrieden geben.

Heller.

Der Plan zur Uebergabe ist so verabredet! — Damit der gute Schein gewahrt bleibt, machen die Franzosen einen Scheinangriff. Während der Oberst dann vorne beschäftigt ist, stürzt sich eine Anzahl Bürger — die insgeheim dazu beordert sind, auf die Wache am hintern Thor und lassen dort eine Abtheilung Franzosen herein.

Walch.

Das Weitere gibt sich dann von selber. Laßt uns also zur Abstimmung schreiten. Unsere Frauen werden dann — (Er erblickt Barbara.)

Barbara (welche oben aus dem Ofen hervorsieht).

Da will ich aber auch noch ein Wort mitreden. (Sie verschwindet wieder.)

Walch.

Wa — was — war das?

Erster Rathsherr.

Es spuckt hier, wahrhaftig am hellen Tage.

Zweiter Rathsherr.

Die Frau Bürgermeisterin hat sich verzeigt. Es ist ihr gewiß ein Unglück zugestoßen.

Erster Rathsherr.

Der Ofen hatte mit einemmal den Kopf der Frau Bürgermeisterin.

Heller.

Untersucht den Ofen.

Zweiter Rathsherr.

Holt den Pfarrer, man muß den Ofen erst besprechen.

Hoff (der den Ofen untersucht).

Ihr habt eine saubere Feuerschau, Bürgermeister, hier oben fehlt ja ein ganzes Stück.

Zehnte Scene.

Die Thüre wird gewaltsam aufgerissen, Barbara, Hanne und Lise an der Spitze von vielen Mädchen und Frauen, die auf alle mögliche Art bewaffnet sind zu den Vorigen.

Barbara (tritt mit entblößtem Degen in den Vordergrund).

Wer führt Waffen hier? — Ihr, Junker, gebt Euren Degen ab.

Hoff (tritt vor, indem er seinen Degen zieht).

Gebt mir Euren Degen, das wird klüger sein. Was thut Ihr mit Waffen!

Walch.

Um Gotteswillen, Barbara, was soll dieser unzeitige Scherz?

Barbara.

Wer sagt Dir, daß ich scherze? — Euren Degen, Junker! Ich sage es zum letztenmal.

Hoff (sich in Parade stellend).

So hole ihn, freche Amazone, wenn Du ihn so nöthig hast!

Barbara.

Greift an! — (Lise und einige andere Weiber bringen mit Spicken auf den Junker ein. Lise schlägt ihn auf die Hand mit einem Besenstiel).

Lise.

Ich schlage zu bis Ihr ihn fallen laßt.

Hoff.

Au! au! verdammtes Weiberpak. (Er läßt den Degen fallen. Lise nimmt ihn auf, indem sie die andern Weiber mit ihren Spießen decken).

Barbara (ihren Degen einsteckend und ein Pistol ziehend).

Kriegsrath, Euren Degen.

Heller.

Um Gottes willen, Frau Bürgermeisterin, was wollt Ihr denn eigentlich?

Barbara.

Euren Degen!

Heller.

Das ist ja Rebellion, Empörung gegen das Gesetz: auf solch Gebahren steht der Galgen.

Barbara.

Wollt Ihr Euren Degen abgeben oder eine Kugel durch den Leib. (Sie spannt ein Pistol). Eins! Zwei!

Heller.

Ja! ja! hier! hier! Thut mir das Dings da weg! — Ihr wißt mit solchen Schießgewehren nicht umzugehen: wie leicht könnte das losgehen! (Er gibt seinen Degen ab.)

Barbara.

Und jetzt zu Euch, Ihr Herren vom Rathe und zu Dir, Herr Bürgermeister! So hintergehst Du mich, Dein redlich, ehrlich Eheweib, so hintergeht ihr alle eure Frauen! Pfui! wißt denn alle und vor allem Ihr, Herr Kirchenrath: Weil ihr den Männern es verbietet, daß sie ihr eigen Hab und Gut vertheidigen, so haben wir, wir Frauen, uns deß unterfangen und wollen thun, was unsrer Männer Sache wäre. Und wenn Du schon der Meinung bist, mein Herr Gemahl, daß wir nicht mit dem Kopfe, sondern mit dem Herzen denken, so sitzt doch dieses wenigstens am rechten Flecke. Ihr aber, scheint mir's, ihr habt Herz und Kopf verloren, darum nehmt es uns nicht übel, wenn wir da nachhelfen, wo es fehlt. Wir haben den Herrn Pfarrer mitgebracht. Ein Jeder von euch schwört im Vorsaal, daß er niemals für eine Uebergabe stimmen werde! Wer das nicht schwört, bleibt hier gefangen. Hauptmännin Katzenstein, Ihr überwacht den Vorgang mit Eurer Abtheilung. Hauptmännin Lise! Ihr nehmt mit Euren Leuten die beiden Herrn vom Hofe in Gewahrsam. Ich selbst halte den Posten auf dem Marktplatz! wenn das Geringste vorfällt, gebt ihr mir ein Zeichen. (Es fallen Kanonenschüsse rasch nach einander. Die Weiber rennen durch einander. Einzelne grillen.)

Walch.

Da habt Ihr's! Das Bombardement beginnt. Jetzt ist Alles verloren! In fünf Minuten steht das ganze Städtchen in Flammen.

Barbara.

Ruhe! Faßt euch! Grillt nur ein wenig! Das liegt so in unserer Natur; deßhalb weicht doch keine vom Platze.

Walch.

Ich muß hinab! Vielleicht kann ich das Aergste noch abwenden, bevor sie uns mit glühenden Kugeln beschießen.

Barbara (befehlend).

Niemand entfernt sich! Walch, Du bleibst! Der Peter Krummhaar schützt uns vor dem äußern Feind, wir schützen hier uns vor dem innern.

Walch.

Barbara, jetzt mache mich nicht wüthend: Ich muß hinunter sehen, was es gibt!

Barbara.

Du hast nichts zu sehen und nichts zu befehlen: Ich befehle!

Walch.

Nein! Das ist zu toll! (Er will auf Barbara eindringen.)

Barbara.

Bleibe mir vom Halse, Alter, ich renne Dir bei Gott den Degen in den Leib. Ottilie, geh hinab und frage, was es gibt!

(Das Schießen dauert immer noch fort.)

Eilfte Scene.

Vorige, ohne Ottilie.

Hoff.

Jetzt habe ich die Narrenspossen satt. Helft mir, Kriegsrath; helft mir, Bürgermeister; ich glaube, wenn wir die Rädelsführerin überwältigen, so wird es bald aus sein mit dem Widerstand! denn die Andern zittern ja zusammen wie die Hühner.

(Sie wollen auf Barbara eindringen, die sich schnell hinter die andern zurückzieht, die ihre Spieße vorhalten.)

Barbara.

Rückt vor! Laßt sie nur fühlen, daß unsre Waffen scharf sind.

(Die Drei werden unter Sätzen und Sprüngen in den Vordergrund gedrängt.)

Die Drei (durcheinander).

Au! au! Laßt die Dummheiten.

Zwölfte Scene.

Vorige, Oberst, Ottilie.

Oberst.

Victoria, Frau Camerad! Meine Kerle schießen die Franzosen zusammen wie die Spatzen! Solch' verrückten Angriff habe ich mein Tag des Lebens nicht gesehen. Am hintern Thore kam eine Trupp bis an die Mauern, davon ist auch kein Mann entkommen.

Barbara.

Die hatten in Gedanken schon Quartiere gemacht im Städtchen.

Walch.

Ha seht! Dort brennt es! Schnell hinab! Hinab!

Barbara (befehlend).

Niemand wird hinausgelassen.

Walch.

Es brennt ja, seht Ihr denn das Feuer nicht?

Dreizehnte Scene.

Vorige. Fritz.

Oberst.

Was gibt's, mein Sohn?

Fritz.

Nur Gutes! Der Sturm ist abgeschlagen und dieses brachte ein Bote (er übergibt dem Oberst ein Papier).

Barbara.

Wo ist das Feuer?

Fritz.

Die Thalmühle haben sie in Brand gestedt.

Oberst (lesend).

Das ist des Melacs Abschiedsgruß!

Barbara.

Wollte Gott dem wäre so!

Oberst.

Die Hülfe ist nicht mehr fern. Die Reichstruppen stehen bereits in Ulm und sind auf dem Marsch hieher begriffen. (Am Fenster.) Ha! Dort schaut hin. Die haben, wie es scheint, auch schon Wind davon bekommen. Sie ziehen ab.

Barbara.

Bei Gott! Sie ziehen ab. Das heißt Hülfe in der Noth. Wie nun, Herr Kriegsrath! Wenn ich nicht wäre, säßen sie jetzt fest in unserm Städtchen.

Oberst.

Und so tratzen sie jetzt ab zu unserm ew'gen Ruhmgedächtniß. Weiß Gott! Da ziehen sie hin des großen Ludwigs flotte Reiter.

Barbara.

An unsern Mauern haben ihre stolzen Siegeswellen sich gebrochen.

Oberst.

An unsern Mauern, ja! und — zu der stolzen Reiter ew'ger Schmach und Schande — an einem wackern deutschen Frauenherzen.

(Indem er Barbara die Hand gibt, fällt der Vorhang.)

Vierter Akt.

Erste Scene.

Der Rathssaal. Im Vordergrund sitzen Hoff und Heller. An der Ausgangsthür sitzt Lise, eine Brille auf der Nase an einem Strumpf strickend, im Schooß ein Gewehr. Im Hintergrund Weiber und Mädchen alle bewaffnet.

Hoff (sich erhebend).

Jetzt reißt mir die Geduld! — Länger halte ich diese Gefangenschaft nicht aus! Warum entläßt man uns nicht, die Franzosen sind ja abgezogen?

Lise.

Von Schorndorf sind sie abgezogen, aber so lange sie noch im Lande sind, müßt Ihr gefangen bleiben.

Heller.

Wenn man uns nur wenigstens zu essen gäbe! Mich fängt der Hunger an zu packen, daß ich einer Ohnmacht nahe bin.

Lise.

Was Ihr bekommt, bestimmt die Commandantin — uns geht das nichts an!

Hoff.

Wir haben ihnen bis jetzt nicht den Ernst, — das heißt den rechten, vollen Ernst gezeigt, — Der Hunger gibt ja dem Schaafe den Muth des Tigers. Ich will doch einmal sehen. (Er geht auf die Thüre zu.)

Lise (läßt ihren Strumpf fallen und schlägt auf ihn an).

Halt oder ich schieße! Eins! — zwei! — drei! —

Hoff (einen Satz zurückmachend).

Halt! Ins drei Teufels Namen. Ich glaube, die alte Hexe wäre im Stande, einen Hofjunker zusammenzuschießen wie einen Hasen!

Heller (sich erhebend).

Ihr Canaillen, denkt ihr denn gar nicht weiter? Wißt ihr, was euch erwartet? (Lise strickt wieder ruhig weiter.) Die Folter und der Galgen erwartet euch! Zittert, ihr Canaillen! und vor Allem Du, die Rädelsführerin, Du sollst lebendig auf das Rad geflochten werden! — Kniet nieder, ihr Canaillen, und fleht um Gnade. Wenn ihr uns jetzt ziehen laßt, so will ich ein gutes Wort für euch einlegen! — Folgt mir, Junker!
(Er will abgehen, alle Weiber schlagen an oder halten ihre Spieße vor!)

Heller (eine Pistole aus der Tasche ziehend).

Ihr Canaillen glaubt, ich sei wehrlos! Da seht her! Die erste, die sich widersetzt, stirbt von meiner Kugel.

Lise.

Zurück! — Eins! — Zwei! —

Heller.

Ich schieße!

Die Weiber.

Wir auch!

Lise.

Ihr könnt nur eine treffen und das nützt Euch gar nichts!

Heller (sein Pistol einsteckend).

Junker! Da ist Alles vergebens, die Canaillen geben nicht nach!

Lise (weiter strickend).

Das Canaillisiren nützt Euch Alles nichts. Verhaltet Euch ruhig, wie ein gescheidter Mann!

5

Hoff (sich setzend).

Wenn nur mein Hunger nicht wäre. Ich wollte ihnen wohl imponiren!

Heller (einschmeichelnd).

Höre, Alte, was bist Du denn eigentlich?

Lise (strickend).

Eine Wäscherin!

Heller.

Und eine Wäscherin macht man zur Anführerin dieser Bande?

Lise.

Ja! Bei uns geht es eben nicht nach Rang und Stand, sondern nach der Brauchbarkeit.

Heller.

Wer sind denn die Andern?

Lise.

Das sind meistens Frauen, die ich das Jahr hindurch bediene.

Heller.

Und jetzt befiehlst Du ihnen?

Lise.

Ja natürlich! Ich bin ja ihre Hauptmännin.

Heller.

Und warum hat man gerade Dich dazu gemacht?

Lise.

Ich habe es Euch ja schon gesagt, weil ich am besten dazu tauge. Die Frau Bürgermeisterin hat gesagt: Lise, Du bist ein praktisches Weib, hast Schneid und auch die Zunge am rechten Fleck: Du mußt die andern commandiren — und da war Alles damit einverstanden.

Heller.

Höre, Alte, komm' einmal her!

Lise (legt den Strumpf bei Seite, nimmt die Brille ab und nähert sich Heller, indem sie ihr Gewehr spannt und in den Arm nimmt). Was soll es?

Heller (leise).

Sie ist ein armes Weib, das um's tägliche Brod arbeiten muß.

Lise.

Ja! Ja! Ich habe halt, was ich brauche!

Heller.

Ich will Sie reich machen!

Lise (sich verstellend).

Ah! Wie ginge denn das zu?

Heller (seine Börse ziehend).

Sieh! Hier ist Gold! Das ist nur eine Abschlagszahlung. Du sollst das Zehnfache haben, wenn Du uns frei läßt.

Lise.

Ah! So viel Geld! Und das soll alles mein sein?

Heller.

Willst Du uns dann frei lassen?

Lise.

Ich verspreche es Euch, ich lasse Euch frei — (den Beutel wegnehmend.) sobald es die Commandantin befiehlt.

Heller.

Infames Raubgesindel! Gibst Du meine Börse her!

Lise.

Behüte Gott! Den Gefangenen gehört Alles abgenommen.

Heller.

Also auch noch Betrug und Diebstahl verübt ihr Canaillen! O! eure Strafe soll furchtbar werden!

Lise.

Da bekommen wir doch Gesellschaft, denn die Weiber von

Göppingen haben nach unserm Beispiel einen Abgesandten der Regierung gerade so behandelt wie wir Euch.

Zweite Scene.

Vorige. Barbara mit Mädchen, welche Speisen auftragen.

Barbara.
Setzt die Speisen ab! Hier ist Eure Mahlzeit, Lise! Laßt's Euch schmecken! Ist nichts vorgefallen?

Lise.
Gar nichts! Bekommen die Arrestanten zu essen?

Barbara.
Nein! Keinen Bissen, als was meine Tochter ihnen geben wird.

Heller.
Frau Bürgermeisterin, die Sache wird nachgerade zu toll. Ich bin Abgesandter der Regierung; ich stehe hier im Namen ihrer fürstlichen Durchlaucht, der Frau Herzogin, und frage Sie, werden Sie uns zu essen geben oder nicht?

Barbara.
Tröstet Euch mit den armen Leuten, welche die französische Einquartierung Euch verdanken, sie müssen auch zusehen, wie Andere essen, während sie selbst hungern.

Hoff (aufspringend).
Frau Bürgermeisterin! Einen Hofjunker hungern zu lassen, das ist —

Barbara (in die Rede fallend).
Höchst nothwendig, Junker! Das ist höchst nothwendig, Junker! Ich habe mir sagen lassen, durch Hunger könne man die gefährlichsten Raubthiere zahm machen. Wenn Ihr auch gerade kein Raubthier seid, Junker, so seid Ihr doch sehr ge fährlich, Junker! und ich will an Euch diese Methode pro

biren. Ich weiß nicht, mit was Ihr meine Tille verrückt gemacht habt, aber das sage ich Euch: Ihr bekommt keinen Bissen zu essen, bis Ihr dem Mädchen den Kopf wieder zurecht setzt. Hört Ihr: Junker, da ist kein Ausweg. Ich schwöre es, bei Gott dem Allmächtigen, ich lasse Euch v e r h u n g e r n, wenn Ihr nicht thut, wie ich befehle.

Hoff.

Aber um Gotteswillen, ich kann vor lauter Hunger nicht denken: was soll ich ihr denn sagen?

Barbara.

Sagt ihr, daß Ihr sie angelogen habt, denn das habt Ihr doch? Adieu! Ihr Andern. Laßt's Euch schmecken. (Ab.)

Dritte Scene.

Vorige. Ohne Barbara.

Hoff.

Ich bin einer Ohnmacht nahe!

Heller.

O Gott! o Gott! in welche Räuberhöhle sind wir gefallen.

Lise (essend).

Respekt vor der Frau Bürgermeisterin. Sie weiß, was wir gerne essen.

Erste Frau.

Wie herrlich das Sauerkraut schmeckt und der fein durch=
zogene Speck!

Zweite Frau.

Spätzle und Knöpfle und Nudle, das sind meine Leibspeisen.

Erste Frau.

Und Pfannenkuchen!

Lise.

Das haben wir ja Alles! und der herrliche Most dazu. Wegen meiner dürfte das ganze Jahr Belagerungszustand sein.

Erste Frau.

Unser Essen ist den Herrn dort natürlich zu gemein: Wir dürfen sie nicht einladen.

Lise.

Pfui, Röse! Man soll wehrlose Geschöpfe nicht quälen.

Heller.

Ich glaube, die macht sich noch lustig über uns!

Vierte Scene.

Vorige. Ottilie in Brustharnisch und Helm mit Federn; in der einen Hand eine Lanze, die andere Hand hält sie auf dem Rücken.

Ottilie (für sich).

Jetzt muß ich ihm wie die Jungfrau von Orleans erscheinen. Gewiß wird er mich jetzt seine Göttin nennen, die vom Olymp zu ihm herniedersteigt und ihm Nectar und Ambrosia kredenzt.

Hoff.

Ottilie! Ich bitte Sie um Gotteswillen, helfen Sie mir fort von hier!

Ottilie.

Nein, edler Ritter, nein! Ich will Euch länger noch in meinen Banden halten, edler Paladin! Knieet nieder und bekennt! O! ich weiß! Ihr habt mir ein Geheimniß mitzutheilen, und bevor Ihr mir das nicht anvertraut, sollt Ihr Eurer Haft nicht ledig werden. Sprecht, edler Prinz, enthüllt mir das Verborgene, dann will ich Euch mit Trank und Speise laben. (Sie zeigt ihm ein Pärchen Bratwürste.)

Hoff.

Ottilie. Ich bitte Sie, machen Sie keine Dummheiten. Geben Sie her!

Ottilie (beleidigt).

Dummheiten? — Nein! — Die Mama hat gesagt, ich

dürfe Ihnen zu essen geben, aber vorher müßten Sie mir etwas mittheilen, was mich sehr überraschen würde.

Hoff.

Ich bitte Sie, geben Sie mir erst zu essen, ich kann ja nicht mehr sprechen.

Ottilie.

Erst das Geheimniß. Ich bin jetzt erst recht neugierig.

Hoff.

Ich kann nicht!

Ottilie.

Sie wollen nicht? Gut denn! Ich gehe.

Hoff.

Bleiben Sie in's Teufels Namen! Unser Roman ist ja doch ausgespielt! Wenn Sie jemals geglaubt haben, ich wolle irgend etwas anderes, als mir die Zeit mit Ihnen vertreiben, so sind Sie ein albernes Gänschen! Ich müßte ja doch ein rechter Thor sein, wenn ich die Gelegenheit versäumt hätte, einen so ledern Bissen, der mir so appetitlich um die Nase streicht, nicht wegzulappern; ich hätte auch nicht davon abgelassen, wenn nicht mein Hunger wäre, aber Ihre Mutter, das entsetzliche Weib, kann Einem den Teufel austreiben. Ich will auf Alles verzichten, wenn ich nur einmal wieder zu essen bekomme.

Ottilie (ihre Würste ihm vor die Füße werfend).

Abscheulicher! (Sie eilt höchst entrüstet ab.)

Hoff (die Wurst aufnehmend).

Ah! Das ist Lebensrettung!

Heller.

Gebt mir auch davon! Ich kann nicht aufstehen.

Hoff.

Daß ich ein Narr wäre. Ich habe mein Brod verdient. Verdient ihr das Eure auch.

Fünfte Scene.

Vorige ohne Ottilie, Barbara.

Barbara.

Gebt den Beiden ein wenig zu essen und einen Schluck Most.

Lise.

Ich will ein Glas holen. Der Herr Kriegsrath wird nicht aus einem Kruge trinken wollen mit solchen Canaillen, wie wir sind.

Heller.

O doch! doch! gebt her! gebt her! Ich bin ja so sehr leutselig und mache mich so gerne gemein, wo es nur immer Gelegenheit gibt. Gebt nur her!

(Lise gibt ihm den Krug mit einigem Zögern.)

Barbara.

Ihr Herrn seid frei. Uebrigens dürfte es gerathen sein, wenn ihr euch ganz still aus dem Staube macht! Wenn ihr dem Pöbel in die Hände fallt, seid ihr verloren. Wir haben von den Franzosen zwar nichts mehr zu fürchten, aber das Volk ist noch überall in Aufruhr und besonders über euch Herrn sehr empört. Lise begleite sie; man soll sie durch die kleine Ausfallpforte entschlüpfen lassen.

(Lise und einige Weiber führen Hoff und Heller ab.)

Sechste Scene.

Barbara, die Weiber, gleich darauf die Katzensteinin und Ferber.

Barbara.

So! Das wäre besorgt! Nun wird ja bald wieder alles in's alte Geleise gebracht sein. Was bringst Du, Hanne? Ei der tausend, der Herr Ferber! Ich dachte, sie hätten Euch mit über den Rhein geschleppt.

Katzenstein.

Ja! Laß Dir nur erzählen von ihm! Das ist ein Spaß zum Todtlachen. Er hat den Melac zum besten gehalten, das kostet ihm den Hals.

Barbara.

Wie, Herr Ferber, ist das wahr?

Ferber.

Ach du meine Güte, Frau Bürgermeisterin, Excellenz haben sich meiner zwar nicht mehr erinnert; auch des Stoßes mit der Feder haben sich Excellenz nicht mehr entsinnen können, wohl aber hatten Excellenz ein sonderbares Wohlgefallen an meiner geringen Persönlichkeit. Ich mußte Excellenz immer bei Tische aufwarten, wobei Excellenz immer die Reitpeitsche neben sich liegen hatten, aber nicht in der Absicht, mich zu schädigen, sondern Excellenz hatten nur sein ganz apartes Vergnügen dabei, wenn ich aus meiner unterthänigsten gehorsamsten Verbeugung plötzlich einen gewaltigen Sprung machen mußte von wegen besagter gefährlicher Reitgerte. Excellenz ließen mich sehr guter Trattation theilhaftig werden und beliebten mich nur seinen Affen zu nennen.

Katzenstein.

Das ist nicht die Hauptsache: Wie Ihr losgekommen seid, müßt Ihr erzählen.

Ferber.

Ach Du meine Güte! Zuerst schleppten sie mich mit nach Stuttgart. Ach du meine Güte; da widersetzten sich die Bürger dem Einmarsch der Franzosen und da gab es einen harten Kampf in den Straßen, bis mit einemmal es hieß, die Reichstruppen seien im Anmarsch. Da wurde Alles zusammengepackt und wir zogen ab bei Nacht und Nebel. Die Reichstruppen waren immer hinter uns her. Wer dahinten blieb, der war verloren. Aber nicht nur die Reichstruppen thaten uns entsetzlich vielen Schaden, sondern von allen Seiten fiel das Landvolk auf uns herein und haben viele Tausende von Franzosen zusammengeschossen und todtgeschlagen. Excellenz hörten gar nicht mehr auf zu fluchen, weil uns beinahe alle Beute wieder abgenommen wurde, wovon die Bauern als gescheite-Kinder aber wohlweislich schweigen.

Barbara.

Hätten sie gleich anfangs das Volk bewaffnet! Ich habe es immer gesagt, das ist die beste Vaterlandsvertheidigung.

Ferber.

Gewiß, Frau Bürgermeisterin, die Leute haben den Franzosen ganz entsetzlich vielen Schaden beigebracht. Zuletzt haben sie auch seiner Excellenz Silberwägen weggenommen.

Katzenstein.

Jetzt kommt die Hauptsache.

Barbara.

Nun Herr Ferber, warum stockt Ihr?

Ferber.

Ach du meine Güte! Excellenz waren darüber außerordentlich ungehalten, daß das viele Silberzeug weggenommen wurde.

Barbara.

Das er zusammengestohlen hatte.

Ferber.

Excellenz überhäuften mich mit Vorwürfen, daß meine Landsleute so ungezogen seien und da erlaubte ich mir Excellenz zu remonstriren, daß eine hohe Regierung damit ganz gewiß nicht einverstanden seie und solches jedenfalls höchst unliebsam vermerkt haben werde und wenn Excellenz mir verstatten würden, in Stuttgart hierüber persönlich Reclamationen machen zu dürfen, so würde ich gewiß im Stande sein, Excellenz wieder zu dero Eigenthum zu verhelfen.

Barbara.

Aha! ich merke. – Weiter!

Ferber.

Excellenz stellten sich vor mich hin mit gekreuzten Armen und sagten: „Ich glaube beim Teufel, der Affe wäre das im Stande. Wenn du mir mein Silberzeug wieder verschaffst, so soll ein Viertheil davon dein sein, im andern Fall lasse ich Dich viertheilen, fällst du mir wieder in die Hände. Und jetzt: „marsch" und dabei zischte seine Peitsche durch die Luft; ich aber hatte Kopf und Rücken in gebückter Haltung bereits außerhalb der Thüre salvirt und so traf besagte Peitsche ohne gar besondern Schaden keinen edlen Theil.

Barbara.

Und habt Ihr dann wirklich in Stuttgart Schritte gethan wegen des Silberzeugs?

Ferber.

O! O! Frau Bürgermeisterin: Ich werde mich wohl hüten, der Höhle des Löwen wieder zu nahen. Ich danke dem lieben Gott für meine wunderbare Rettung und denke, Excellenz soll sein Silberzeug selber wieder holen.

Barbara.

Bravo! Herr Ferber, das habt Ihr gut gemacht. Folgt mir jetzt alle nach Hause. (Nachdem sie abgegangen sind, tritt Fritz ein durch die Seite.)

Siebente Scene.

Fritz (allein).

Ich soll den Vater hier erwarten. Einstweilen will ich mich mit diesem Büchlein ergötzen, das mein alter Lehrer in Ulm will drucken lassen, hier in Württemberg dürfte er es nicht risquiren. Er gab mir eine Abschrift davon! Es ist schon ein so köstlicher Titel: „Der durch das Schorndorfer Weibervolk geschüchterte gallische Hahn." Dem Herr Kriegs- und Kirchenrath ist kein besonderes Loblied darin gesungen. Das ist die feige Politik! Statt der Gefahr einen Augenblick muthig ins Gesicht zu sehen, nimmt man lieber jahrelanges Elend auf den Hals, in der Hoffnung, es durch Kniffe und Pfiffe von sich abwälzen zu können. Wahr bleibt es: Hätten die Franzosen Schorndorf in den Händen gehabt, so hätten sie mittelst dieses festen Punktes den Einmarsch der Reichstruppen bedeutend verzögern können, während sie jetzt fliehen wie die Diebe in der Nacht und das danken wir allein unsern heldenmüthigen Frauen. — Für diesesmal sind wir sie los, die Herrn Nachbarn, aber wer steht uns dafür, daß sie nicht in kürzester Zeit wieder kommen? Die Versuchung ist gar zu groß. Alle diese kleinen Stäätchen sind verlockende Bissen für den gewaltigen Nachbar. Ich wollte einmal sehen, wenn Teutschland ein großer Staat wäre, wie dieses Frankreich, ob man da nicht auch Respekt vor uns hätte im Auslande. Allerdings, wer ein rechter Kerl ist, der verschafft sich selber Geltung, ohne daß er nöthig hat, sich auf eine große Nation zu berufen, die hinter ihm steht, aber wir sind deßhalb doch im Hinterwasser, denn der lumpigste Franzose tritt uns gegenüber auf, als der Vertreter der großen Nation de la grande nation — und wir müssen mit Beschämung eingestehen, daß wir nichts hinter uns haben, als einen ellenlangen Zopf, den man Reichstag nennt. Donnerwetter, wenn da einmal Einer käme, der es gut meint und die ganze Wirthschaft zusammenwürfelte und uns zu einer Nation zu einer deutschen Nation zusammenknetete, das gäbe einen neuen Akt in der Weltgeschichte.

Achte Scene.

Ottilie in Helm und Panzer laut weinend durch die Mitte.

Fritz.

Ah! da kommt ja eine von unsern Heldinnen! — Was ist

Ihnen denn begegnet, Tillchen? — Wissen Sie, daß das sehr komisch aussieht: diese Thränen und der kriegerische Schmuck?

Ottilie (sieht an sich hinunter dann auf Fritz und lacht, bricht aber plötzlich wieder in lautes Weinen aus).

Fritz.

Wollen Sie mir nicht sagen, was Ihnen fehlt! Kann ich Ihnen nicht helfen?

Ottilie.

Ich muß weinen darüber, daß es so schlechte Menschen gibt. (Sie bricht in Schluchzen aus.)

Fritz.

Ach was! Wenn man darüber weinen wollte, würde man nicht fertig werden. Was hat man Ihnen denn gethan?

Ottilie.

Das werde ich nie, niemals Jemand erzählen. Ach Gott! wenn alle Menschen so schlecht sind, dann will ich nicht mehr leben auf der Welt.

Fritz.

Ah, Pah! Da gewöhnt man sich daran. Ich bin auch oft teufelswild geworden, wenn ich von so einem Kerl, den ich für den besten Freund hielt, so recht tüchtig hintergangen worden bin. Jetzt mache ich mir aber gar nichts mehr daraus. Ich gehe meines Weges gerade fort. Ich weiß wohl, es ist das unpolitisch! Denn bei jedem Schritt stößt man auf einen Burschen, der meint, man dürfe nicht an ihm vorbeipassiren, ohne ihm seinen Tribut bezahlt zu haben, sei es in Schmeicheleien oder in klingender Münze. Gilt mir aber ganz gleich! Wer mir in den Weg tritt, den stoße ich bei Seite! Ja wohl! Gilt mir ganz gleich! Ich will's einmal probiren, ob man nicht auch als ehrlicher, gerader Mensch durch die Welt kommen kann. Ich habe schon Manchen vor den Kopf gestoßen, der eine Schmeichelei erwartete und dem ich eine Wahrheit sagte, die ihm

nicht gefiel. Ja! — Da heißt es gleich: Der Grobian, der
Uebermüthige! Gilt mir aber ganz gleich! Der Teufel hole alle
Schmeichler und wenn ich mit der ganzen Menschheit mich da=
rob verfeinde. Ich bleibe bei der Wahrheit! Ich will doch se=
hen, ob ich nicht auch einmal auf einen Menschen stoße, der
mich deßhalb gerne hat, weil ich aufrichtig und ehrlich bin.
(Ottilie gibt ihm beide Hände und sieht ihn gerührt an.)
Was ist Ihnen, Fräulein? Kommen Sie, legen Sie diese
kriegerische Rüstung ab. Ich helfe Ihnen. (Er hilft ihr Helm
und Panzer ablegen.) Sie sind ja ganz gerührt.

Ottilie (sieht ihn gerührt an, indem sie ihm beide Hände gibt).

Fritz! Ich danke Ihnen.

Fritz.

Wofür denn?

Ottilie.

Daß Sie so sind, wie Sie sind! Wollen Sie mein Freund
sein, Fritz? — Ich hielt Sie für böse, weil Sie mich immer
neckten; aber jetzt weiß ich: wer gut und wer schlecht ist.
Ach, Fritz, Sie glauben nicht, wie wohl mir Ihr Anblick thut!

Fritz.

So? Na, da schauen Sie nur recht darauf los: Ich will
es auch so machen!

Ottilie.

Nicht wahr, Fritz, Sie werden mir immer die Wahrheit
sagen.

Fritz.

Mit dem größten Vergnügen, nur dürfen Sie mir nichts
übel nehmen.

Ottilie.

O nein! Gewiß nicht! Ach, wenn Sie wüßten, Fritz! —
Mein Herz ist so voll von neuen Empfindungen! Ich will jetzt
ganz anders werden! — Mir ist zu Muthe wie Einem, der

dem Tode entronnen ist! Mich schaudert, wenn ich daran denke!
— Ach! wenn Sie ein Mädchen wären, wenn Sie meine
Schwester wären! dann wollte ich Ihnen Dinge erzählen —
Dinge! — Ach Gott! —

Fritz.

Ja — in ein Mädchen kann ich mich nicht verwandeln: Aber
denken Sie, ich sei Ihr Bruder!

Ottilie.

Ach! einem Bruder kann man auch nicht so Alles sagen.
Einer Schwester kann man mittheilen, was so rechte, rechte
Mädchengeheimnisse sind, mit einer Schwester kann man weinen, kann sie an das Herz drücken, wenn das unsere so voll
ist, daß es zerspringen möchte.

Fritz.

Das kann man Alles auch mit mir!
(Er zieht sie sanft an sich, sie lehnt ihren Kopf an seine Schulter.)

Ottilie.

Ach Gott nein! — Ach Fritz, ich war so entsetzlich unglücklich! Nicht wahr, ich bin kein schlimmes Kind?

Fritz.

Schlimm? Nein, schlimm bist Du nicht, aber etwas anderes bist Du, Schwesterchen, recht hübsch bist Du!

Ottilie (ängstlich).

Nicht schmeicheln! Bitte: nicht schmeicheln!

Fritz.

Fällt mir gar nicht ein! Ich sage nur, was ich denke und
— wenn ich Alles sagen soll, was ich denke, so — so —
möchte ich Dir nur einen Kuß geben, Schwesterchen!

Ottilie.

Nein! Nein! Einen Bruder küßt man nicht!

Fritz.

Aber eine Schwester küßt man, wenn man sie recht gerne
hat! — Soll ich? Darf ich?

Ottilie.
Nein! Nein! Das schickt sich nicht!

Fritz.
Warum denn nicht? Was heißt ein Kuß denn anders, als Du gefällst mir, Du bist werth, geliebt zu werden.

Ottilie.
Das sagen Sie auch?

Fritz.
Ja! Wer sagt denn das sonst noch?

Ottilie (verlegen).
Niemand! Ich meinte nur. — Aber — nicht wahr, Fritz, das Erste- und das Letztemal.

Fritz.
Ja natürlich. Aber erst muß ich mir dieses Mäulchen noch einmal recht betrachten, wie es sich so halb widerspenstig zuspitzt! Ich habe früher oft gedacht, wie wohl das Küssen erfunden worden sei; wenn ich mir aber diese zauberisch gerötheten Rosenlippen anschaue, die ihre Form dem Bogen des Liebesgottes entlehnt haben — die durch ihre Trennung und Wiedervereinigung die wunderbarsten Dinge auszuplaudern wissen, die durch die einfache Art, wie sie sich zusammenziehen, den kläglichsten Schmerz und die schnödeste Verachtung aussprechen können, aber auch die allerbeneidenswertheste Einladung — da kommt Einem solch ein Gedanke von selbst!

(Er küßt sie schnell. Während sie sich umschlungen halten, tritt Barbara ein.)

Neunte Scene.
Vorige. Barbara.

Barbara.
Was gibt es denn da?

Fritz.
Wir haben einen Freundschaftsbund geschlossen.

Ottilie.
Wir wollen wie Bruder und Schwester gegen einander sein. Das haben wir uns gegenseitig versprochen.

Barbara.
Dummes Zeug! Zwischen einem jungen Mädchen und einem jungen Mann kann es bloß eine Liebschaft geben, alles andere ist Unsinn!

Fritz.
Ja! Mir kommt es auch fast so vor. Das Amt des Bruders genügt mir bereits nicht mehr. Ich möchte avanciren!

Barbara.
Möchtest Du es denn auch noch weiter bringen? Du barmherzige Schwester Du?

Fritz.
Schwesterchen! sage ja! —

Barbara (mit Verstellung).
Wir bringen sie in Verlegenheit! Ich glaubte, es sei mehr dahinter; aber es war wirklich nur schwesterliche Theilnahme. Das Küssen hat bei ihr eine ganz besondere Bedeutung, sie küßt nemlich —

Ottilie (sie schnell unterbrechend, ihr den Mund zuhaltend).
Liebe Mama! Der Fritz ist mir deßhalb lieb geworden, weil er offen und aufrichtig ist; ich konnte ihn bisher nicht leiden, weil er mich immer ärgerte, aber jetzt ist das ganz anders geworden, und ich habe ihm nur den Kuß nicht verweigert, um ihn nicht zu erzürnen und ein Kuß hat ja auch gar nichts zu bedeuten: das heißt weiter gar nichts, als Du gefällst mir, du bist liebenswürdig; ich bin Dir gut — bin Dir so

recht von Herzen gut — ich habe Dich gern — so recht von Herzen gern und möchte nur —

(Sie stockt plötzlich in größter Verlegenheit).

Barbara.

Nun was denn?

Fritz.

Wieder und wieder und noch einmal küssen.

Barbara.

Jetzt weiß ich schon genug! Umarmt euch Kinder und küßt einander so lang Ihr mögt. Nehmt meinen Segen, mich freut euer Bündniß fast mehr als der Sieg über die Franzosen.

Zehnte Scene.

Vorige. Walch.

Barbara.

Herr Gott! mein Alter, an den habe ich gar nicht mehr gedacht!

Walch.

O Weib! Unseliges Geschöpf! Welchen Jammer bringst Du über mein Haus, über mein ehrliches Haupt.

Barbara.

Was gibt es denn?

Walch.

Dich erwartet ein Criminalproceß! Anklage auf Hochverrath! Da schreibt es der geheime Rath mit dürren Worten.

Barbara.

Dem geheimen Rathe mit seinen dürren Worten werde ich zu antworten wissen. Hier handelt es sich um etwas weit Wichtigeres, das junge Paar hier habe ich verlobt und wünsche auch Deine Einwilligung dazu.

Walch.

Weib! Jetzt glaube ich bald, Du gehörst in's Tollhaus, nicht in's Zuchthaus! Der Mensch hat ja nicht einmal eine Stellung.

Barbara.

Da hat er eine um so größere Auswahl, wenn er sich eine suchen will. (Zutraulich.) Sieh, Alter, das wäre das schönste Mittel, uns wieder auszusöhnen. An der Hochzeit der jungen Leute löst sich alles in Jubel und Freude auf, man vergißt das Vergangene und sieht einer fröhlichen Zukunft entgegen.

Walch.

Aber Barbara, Dich erwartet das peinliche Gericht!

Eilfte Scene.

Vorige. Ein Hauptmann mit zwei Mann Wache tritt auf, ein Papier in der Hand.

Walch.

Da hast Du's, da kommt schon der Verhaftsbefehl. Ist es so, Herr Hauptmann? (Der Hauptmann nickt bejahend).

Barbara.

Also wirklich? — Na meinetwegen! Ich will ihnen antworten, daß sie es gerne besser hätten. (Mit Rührung.) Aber Walch, thue mir den Gefallen und gib die Leutchen da zusammen. Ich will meinem Schicksal muthig entgegengehen, wenn ich die Ottilie versorgt weiß in den Armen dieses braven jungen Mannes. Thue mir den Gefallen! Ich beschwöre Dich bei Allem, was mich erwartet!

Walch.

Na, meinetwegen! Wenn es Dich beruhigt, so will ich Dir diesen Trost gerne mitgeben. (Er legt die Hände der beiden ineinander.) Da nehmt einander. (Für sich.) Wenn sie erst unter Schloß und Riegel sitzt, wird sich schon ein Grund finden,

6 *

diese hirnverrückte Verbindung wieder aufzulösen. (Laut.) Also in Gottes Namen, herzliebe Barbara, laß uns scheiden!
(Er umarmt sie ziemlich kalt.)

Ottilie (fällt ihr weinend um den Hals).

Liebe, liebe Mutter! Ich kann Dich nicht scheiden sehen, ich gehe mit Dir!

Barbara.

Fasse Dich, mein Kind! Fritz wird Dich trösten und mir wird der Himmel helfen!

Fritz.

Jetzt reut mich's, daß ich Mediziner geworden bin und kein Rechtsgelehrter. Ich wollte die Frau Schwiegermama vertheidigt haben, daß man in der ganzen Welt davon gesprochen hätte!

Zwölfte Scene.

Vorige. Krummhaar.

Barbara.

Die beste Vertheidigung ist mein Gewissen!

Walch.

Das ist Nebensache bei Gericht; da gilt nur der Buchstabe. Doch wünsch' ich Dir das Beste. Also nochmals: lebe wohl!

Oberst.

Es thut mir leid, Herr Bürgermeister, aber es ist der ausdrückliche Befehl seiner Durchlaucht des Herrn Herzogs Administrator! —

Walch.

Nu! nu! sie werden es so arg nicht machen. Nehmt sie in Gottes Namen mit!

Oberst.

Sie? Wen sie? Euch soll ich arretiren, Herr Bürgermeister.

Ihn?

Mich?!

Alle.

Walch.

Oberst.

Nun ja natürlich! Der Herr Herzog hat einen sehr schlimmen Stand gehabt gegenüber kaiserlicher Majestät. Da schreibt er selbst: (lesend.) „Sofern kaiserliche Majestät sehr übel vermerkt haben, daß das Land so schnöder Weise dem Feinde preisgegeben worden sei, ohne jeglichen Versuch von Defension, und bin ich Euch Oberst und denen Weiberchen, so Euch treulich beigestanden haben, zu wahrhaftigem Dank verpflichtet, besonders aber bin ich der wackern Frau Bürgermeisterin ganz besonders obligirt, denn ihrer fürtrefflichen Courage habe ich es zu danken, daß ich kaiserlicher Majestät gegenüber wenigstens souteniren konnte, es seien die Orte gehalten worden, welche sich in solcher Verfassung befanden, um eine Defension risquiren zu können. Die saubern Patrone aber, die mein Land so feiger Weise preisgegeben haben, werde ich zur Rechenschaft ziehen, wenn auch mein Tobias Heller von denen wackern Amazonen bereits sein Theil abgekriegt zu haben scheint. Den Bürgermeister schickt Ihr mir mit zwei Mann Wache, angesichts dieses zu seiner Verantwortung hieher nach Stuttgart u. s. w.

Walch.

Ei! ei! Wer hätte so etwas gedacht?

Oberst.

Sie werden Euch nicht viel anhaben! — Reist nur mit Gott! Dich mein Sohn ernennt der Herzog zum Feldscheer bei meinem Regimente in Anerkennung Deiner Verdienste um unser Städtchen!

Barbara (Walch die Hand gebend).

Alter, jetzt kannst Du nichts mehr aushaben: Wenn Du wieder kommst, soll Hochzeit sein!

Oberst.

Noch etwas schreibt der Herr Administrator, was Euch interessiren wird, Frau Bürgermeisterin. Er will, um sich für die Folge vor solchen Ueberfällen zu schützen, für eine bessere Landesvertheidigung sorgen.

Barbara.

Durch allgemeine Volksbewaffnung?

Oberst.

Nein! Aber durch ein stehendes Heer!

Barbara.

O weh! Da wird eben noch mancher Sturm kommen müssen, bis wir das rechte gefunden haben!

Fritz.

Herr Schwiegerpapa, nehmen Sie dieses Büchlein mit zur Unterhaltung! Wenn Sie ein Stündchen übrige Zeit finden, dann lesen Sie zu Ihrem und unsrer aller Frommen: den geschüchterten Hahn oder die Weiber von Schorndorf.

(Indem sie abgehen fällt der Vorhang.)